Klaus Zeh
Sophia

Sophia ist gerade einmal zehn Jahre alt, als das letzte bisschen ihrer Welt aus den Fugen gerät. Der geliebte Bruder kann sie nicht vor dem Unheil bewahren. Und auch nicht ihre Großmutter, der es sonst immer gelang, den gewalttätigen Vater mit verzweifelten Mitteln zu besänftigen.

Die wahre Brutalität des Mannes offenbart sich an Sophias letztem Morgen auf dem verwahrlosten Bauernhof.

Klaus Zeh, Jahrgang 1965, ist Schriftsteller, Musiker und Liedermacher. Er lebt in Reutlingen.

Der Autor hat sich schon seit Beginn seiner schriftstellerischen Tätigkeit gegen die Veröffentlichung im herkömmlichen Verlagswesen entschieden. Ihm ist es ein großes Anliegen, seine künstlerische Unabhängigkeit sowie die Rechte an seinen Werken zu behalten.

Auf Instagram und Facebook finden Sie Klaus Zeh unter: klauszeh.autor

Alle Werke von Klaus Zeh sind auf der letzten Buchseite verzeichnet.

Klaus Zeh

Sophia

Bibliographische Information der Deutschen Nationalbibliothek:
Die Deutsche Nationalbibliothek verzeichnet diese Publikation in der Deutschen National-
bibliographie; detaillierte bibliographische Daten sind im Internet über
http://dnb.d-nb.de abrufbar.
© 2021 Klaus Zeh
Herstellung und Verlag: BoD – Books on Demand, Norderstedt
Layout und Umschlaggestaltung: Adeline
Alle Rechte vorbehalten
ISBN: 9783752659092

Der gesamte Erlös aus dem Verkauf dieses Buches wird an:

Bono-Direkthilfe
Esther-Ministries
Karo e.V.

gespendet.

Und das Licht leuchtet in der Finsternis,
und die Finsternis hat es nicht begriffen.
Joh. 1,5

Erde, Erde, bist du eine Blinde geworden.
Nelly Sachs

Den Geschändeten
gewidmet.

Und
den sehend Blinden,
allerdings aus anderen Gründen.

Du musst keine Angst haben, sagte die Frau lächelnd, ohne dabei zu lächeln.

Das Kind weinte, doch ganz still.
Schaute dabei aus dem Fenster des fahrenden Autos.
Zitternd vor Angst.

Du musst keine Angst haben, sagte die Frau noch einmal.
Diesmal lächelte sie nicht. Ihr Gesicht passte nun zu der kalten Stimme.
Du wirst nicht mehr hungern müssen oder frieren, erklärte sie.

Doch das Kind fror.
Vor Angst.
Es erschauderte.

Warum werde ich weggebracht?, fragte es sich.
Wo bringt man mich hin?
Ich möchte zu Großmutter …
Zu Sorin. Zu Papa. Und zu Mischka.
Ich möchte nach Hause.

Mama, flüsterte es leise.
So leise es konnte.

Warst du schon einmal fort von zuhause?, fragte die Frau.
Das Kind nickte.
Wo?
Es zuckte mit den Achseln.

Corbasca?
Wieder zuckte es nur mit den Achseln.
Lipova?
Achselzucken.
Pogana?
Das Kind schüttelte den Kopf.
Iana?, fragte die Frau erwartungsvoll.
Kopfschütteln.
Gut, sagte die Frau nach einer Weile und wendete sich ab.

Zwei

Als sie erwacht, schnurrt Mischka laut neben ihrem Ohr.
Oder vielleicht erwacht sie auch, *weil* Mischka so laut neben ihrem Ohr schnurrt.
Nur Sorin, ihr Bruder, schnarcht noch lauter.

Sie steht leise auf und versucht, nicht auf das eine knarrende Dielenbrett zu treten. Mucksmäuschenstill schleicht sie mit Mischka davon.
Sie hat die Katze auf dem Arm, damit sie nicht miaut und Sorin weckt.
Er hat einen leichten Schlaf.

Das Miauen einer Katze, das Hecheln eines Hundes, das Zwitschern eines Vogels in den Bäumen, das Quaken eines Frosches unten am Teich, der Gesang des Windes über dem Wald, der Flügelschlag eines Schmetterlings im Sommer, all das vermag ihren Bruder aufzuwecken.
Oder eben dieses eine knarrende Brett im Boden in ihrer beider Kinderzimmer.

Im Treppenhaus ist noch einmal Vorsicht geboten.
Eine bestimmte Stufe der hölzernen Treppe knarrt ebenso laut wie die Holzdiele im Kinderzimmer.
Ist es die Vierte oder die Fünfte?
Wenn sie es nur nicht immer vergessen würde.
Hühnerdreck!, schimpft sie im Innern.
Wie sie sich über sich selbst ärgern kann ... weil sie es halt immer wieder aufs Neue vergisst.

Sie tapst mit nackten Füßen voran.

Kalt sind die Stufen.

Es ist November.

Unten knistert laut das Holzfeuer im Ofen. Ein herrliches Geräusch.

Nur Mischka wird schwer auf dem Arm.

Eins, zwei, drei ... jetzt muss sie aufpassen.

Wenn es die vierte Stufe ist, von oben nach unten gezählt, dann muss sie sie auslassen.

Oder ist es die Vierte, von unten nach oben gezählt?

Hühnerdreck!

Nein, es ist die Fünfte, von oben nach unten gezählt!, korrigiert sie sich.

Sie kann also noch ein Mal auftreten, ohne eine Stufe auslassen zu müssen, was nicht leicht ist mit der Katze auf dem Arm, die ganz schön dick geworden ist über den Sommer.

Es muss eine Menge Mäuse auf dem Hof geben, denkt sie und tritt auf die nächste Stufe.

Es knarrt!

Nein, es knarrt nicht nur, die Treppe quietscht geradezu, sie schreit förmlich.

Man möchte sich die Ohren zuhalten.

Sophiaaaaaaaaaaaa!, ruft es aus dem Kinderzimmer.

So ein Hühnerdreck, jetzt ist Sorin also aufgewacht.

Sie wollte doch alleine aus dem Haus schleichen und nach der verletzten Eule sehen, die sie beide im Schuppen versteckt haben.

Wehe, du gehst alleine!, ruft Sorin.

Schon gut, nein, wollte ich doch gar nicht!, ruft sie enttäuscht zurück.

Großmutter steht plötzlich am Treppenabsatz.

Wirst du wohl Schuhe anziehen, Sophiska, schimpft sie mit drohendem Zeigefinger.

Sophia liebt es, wenn Großmutter sie so nennt. So hat sie auch ihre Mutter immer genannt.

Wo sind deine Schuhe, mein Kind?, murrt die Großmutter.

Sophia lächelt, denn Großmutters Strenge ist nur gespielt.

Großmutter kann gar nicht wirklich wütend auf jemanden sein.

Nicht einmal auf Papa, und der hätte es manchmal sogar verdient.

Aber Papa ist stark.

Und wenn er getrunken hat, wird er böse.

Dann schlägt er Sorin.

Sophia hat Angst, dass der Vater ihn totschlagen könnte.

So wie er Jascha, den Hund, im Sommer totgeschlagen hat.

Nur weil er das ewige Gebelle nicht mehr ertragen hat.

Nun komm schon herunter und schlüpf in deine Pantoffeln, schimpft die Großmutter und wedelt mit der Hand. Papa ist im Wald, komm, Frühstück ist fertig, sagt sie und wischt die Hände an der Schürze ab.

Großmutters Frühstück ist das Schönste am ganzen Tag.

Das ganze Haus duftet danach.

Duftet nach heißer Schokolade, warmem Brot und Apfel-spalten.

In der Küche ist Sophia am Liebsten, es ist das einzige be heizte Zimmer im Haus.

Nur dort darf ein Feuer im Ofen brennen.

Wenn es Holz gibt.

Ist Papa schon lange weg?, will Sophia wissen.

Noch nicht lange genug, wenn du mich fragst, aber ja, schon eine ganze Weile, antwortet die Großmutter.

Ist er auf die Jagd gegangen?, fragt Sorin, der im Schlafanzug in der Küchentüre aufgetaucht ist.

Nun ist aber genug mit euch beiden, Sorinschi, nun schau sich einer mal den Bengel an, beschwert sich die Großmutter und schiebt sich eine Strähne ihres grauen Haares zurück unter das rotgetupfte Kopftuch, nun steht der Bengel auch noch im Schlafanzug und barfuß herum!

Sophia lächelt, weil Großmutter wie immer in der dritten Person von Sorin spricht.

Ab, ab, ab!, entrüstet sich die alte Frau, rasch nach oben, hol Socken und einen Pulli für jeden von euch, husch, husch!

Sie macht einen Schritt auf Sorin zu.

Der macht kehrt und poltert die Holztreppe hoch.

Und trödle nicht herum, Sorinschi, ruft die Großmutter ihm nach, dein Kakao wird sonst kalt!

Währenddessen sitzt Sophia schon am Küchentisch, hat den ersten Bissen des Marmeladenbrotes im Mund und kaut genüsslich.

Und hat auch schon Mischka ein Schälchen Milch hingestellt.

Das ist alles, was die Katze bekommt, ihr Fressen muss sie sich selbst fangen.

Selbst das eine Schälchen Milch am Tag möchte der Vater ihr verweigern.

Doch die Großmutter hat es tatsächlich geschafft, ihn umzustimmen.

Wie, wissen Sorin und Sophia nicht.

Dann hören sie den hustenden und vor sich hin schimpfenden Vater über den Hof schlürfen und zucken vor Schreck zusammen.

Drei

Hör auf zu weinen, sagte die Frau, sonst bekommst du ganz geschwollene Augen.
Sophia erschrak.
Du wirst mit anderen Kindern in einem Haus wohnen, das wird eine Zeitlang dein neues Zuhause sein.

Ein neues Zuhause?
Sophia spürte Tränen aus ihren Augen rinnen. Sie brannten heiß auf ihren Wangen.
Ich habe gesagt, du sollst damit aufhören, wiederholte die Frau zornig.
Da mischte sich der Mann hinter dem Steuer ein.

Sophia hatte ihn vergessen.

Seine Stimme war tief. Wie die Stimme Großvaters, der nicht mehr lebte.
Doch der Fahrer war nicht so alt wie Großvater, als er gestorben ist ... lange nicht so alt.
Die Frau fuhr ihn an. Sie schien böse auf ihn zu sein, drohte ihm.

Sophia verstand nicht, worüber die beiden sich unterhielten.
Ihre Gedanken wirbelten umher, alles war durcheinander in ihrem Kopf.
Und sie hatte solche Angst.
Der Mann verstummte wieder.

Ruh dich etwas aus, sagte die Frau zu Sophia, die Fahrt wird lange dauern, besser, du schläfst ein bisschen.

Sophia blickte sie fragend an.

Hast du Hunger?

Das Mädchen schüttelte den Kopf.

Gut, sagte die Frau und wendete sich wieder ab.

Sie muss etwas essen, warf der Fahrer ein, ohne sich umzudrehen.

Sie hat keinen Hunger, du hast es doch gehört.

Aber ...

Sie wird uns schon nicht verhungern, unterbrach sie ihn, erledige du deinen Job und fahre, und lass mich die anderen Dinge entscheiden.

Sophia blickte die Frau ängstlich und verstohlen von der Seite an.

Sie zitterte noch immer vor Angst.

Warum musste sie hier sein, bei dieser Frau, in diesem Auto?, dachte sie verzweifelt.

Warum brachte man sie von zuhause weg?

Vier

Der Vater betritt lärmend die Küche.
Was soll die Eule im Schuppen, schnauzt er.
Sophia und Sorin fahren zusammen und blicken sich ängstlich an.
Das haben sie zu vermeiden versucht.
Es ist Sorins Idee gewesen.

Damit genau das nicht passiert, haben sie die verletzte Eule im hinteren Schuppen versteckt.
In dem Schuppen, den Vater so gut wie nie betritt, weil dort nur Schrott herumliegt und der kaputte Traktor steht, den er schon vor längerer Zeit zu reparieren aufgegeben hat.

Ein ganzer Schuppen voller Schrott:
Metall, Stangen, kaputte Maschinen, verölte Motorblöcke, defekte Lichtmaschinen, stinkende Maschinenteile, alte marode Zäune, Plastikeimer mit angetrockneten Farbresten, verrostetes Werkzeug aller Art. Und ein kaputter Traktor.
Sorin liebt diesen Schuppen.

Immer wieder spielt er darin.
Der Vater verbietet es ihm ebenso oft. Ohne Erfolg.
Sorin nimmt dafür sogar Prügel in Kauf. Er liebt diesen Metallschrott.
Das gleiche Zeug, das überall auf dem Hof aufeinander gehäuft herumliegt.
Sowie auch zwei von Vaters alten verrosteten Autos.

Die Großmutter schimpft über diesen elenden Schrottplatz vor den Fenstern.

Doch der Vater stört sich nicht daran.

Weder an dem Gezänk der Großmutter noch an dem Schrott überall.

Er schimpft, sie soll ihr Maul halten und ihn damit in Ruhe lassen.

Manchmal setzen sich die beiden Kinder in die alten fensterlosen verrosteten Autos und spielen, dass sie damit losfahren, weit, weit weg – nur sie beide.

Irgendwohin ans Meer, schwärmt Sorin.

Immer träumt er vom Meer.

Die Sitzpolster sind ganz zerschlissen und verschmutzt.

Großmutter will nicht, dass sie in den Autos spielen.

Sie beschwert sich, dass sie den Gestank und den Schmutz der Sitzpolster beim Waschen kaum aus den Kleidern bekommt.

Dem Vater ist es egal, wenn sie darin spielen, Hauptsache, sie bleiben den Schuppen fern.

Sorin hat ihn einmal gefragt, warum es ihm so wichtig ist, dass sie dort nicht hingehen, daraufhin hat er Sorin grün und blau geschlagen und ihn zwei Tage im Keller eingesperrt.

Großmutter durfte ihm nur Wasser bringen, nichts zu essen.

Sorin sagt, dass ihm der Keller immer noch hundertmal lieber ist als wenn Vaters ehemaliger Kollege aus der Fabrik vorbeikommt und ihn mitnimmt.

Ein paar Mal war Sorin auch schon über Nacht weg.

Kam erst am nächsten Tag wieder nach Hause.

Wenn das passiert, schweigt er tagelang, isst kaum noch etwas und will nicht mehr spielen.

Er sitzt stundenlang schweigend am Fenster und starrt hinaus.

Oder er streift den ganzen Tag alleine durch den Wald.

Er hat bisher nie erzählt, wohin der Kollege des Vaters ihn mitnimmt und was dort geschieht.

Der Vater hat erklärt, dass Sorin bestraft wird, weil er so frech und ungezogen ist.

Nicht einmal die Großmutter weiß, wohin Sorin gebracht wird.

Auch ihr hat er noch nie davon erzählt, kein Sterbenswort.

Manchmal weint sie still deshalb.

Der Vater duldet keine Fragen darüber. Auch die Großmutter muss schweigen.

Ein einziges Mal nur hat Sorin, als sie abends im Bett lagen, in die Dunkelheit hinein gesagt, dass der Vater ihn totschlagen wird, wenn er auch nur einem einzigen Menschen davon erzählt.

Fünf

Längst wusste sie nicht mehr, wo sie war.

Der Wald, an dessen Rand sie wohnten, und den sie nur wenig kannte, lag schon lange hinter ihnen.
Die engen holprigen Straßen, auf denen sie jetzt fuhren, waren ihr unbekannt.
Sie sah nur karge Felder, mattgrüne stoppelige und öde weite Wiesen.

Der Himmel hatte die gleiche Farbe wie das alte Metall in Vaters Schuppen.
Warum schickt Vater mich weg?, fragte sie sich bebend vor Angst.

Sie dachte an ihre Großmutter.
Sah sie vor sich in ihrer roten ausgebeulten Strickjacke, der dunkelgrauen umgebundenen Schürze und den Holzpantinen.
Wie sie die Tränen aus dem Gesicht wischte und beinahe stolperte, beim Versuch, das davon fahrende Auto einzuholen und es aufzuhalten. Immer wieder rief sie ihren Namen: Sophiska! Sophiska!

Bitte, lieber Gott, bring mich wieder nach Hause, flüsterte sie, lass mich bitte nicht bei diesen Menschen ...

Was flüsterst du da?, fragte die Frau.
Nichts, antwortete sie ängstlich.
Betest du etwa?
Sophia schwieg.

Du glaubst, dass es dir hilft?
Sophia blieb verschlossen.
Die Frau lächelte ihr Lächeln, das gar kein Lächeln war.

Sophia fürchtete sich vor ihr.

Sechs

Seid ihr schwerhörig, poltert der Vater, ich habe gefragt, warum diese verletzte Eule im Schuppen ist.
Die Kinder haben sie im Wald gefunden, greift die Großmutter beschwichtigend ein.
Habe ich etwa mit dir gesprochen!, bellt er.

Junge ... Eugen, will die Großmutter beginnen.
Lass das!, fährt der Vater sie an, ich habe tausendmal gesagt, die Kinder sollen den Schuppen fern bleiben, verdammt. Warum wird hier nicht auf mich gehört!, schreit er und schlägt mit der schmutzigen großen und groben Faust auf den Tisch, sodass alle vor Schreck zusammenfahren.

Sophia beginnt zu weinen.

Sorin macht sich ganz klein auf dem Küchenstuhl und nimmt den Blick nicht vom Teller.
Den Vater anzublicken, wenn er in dieser Stimmung ist, kommt einem teuer zu stehen.
Manchmal wagt es Sorin, warum, weiß Sophia nicht. Als ob er es herausfordert.
Heute jedoch wagt er es nicht.

Wenn er es aber tut, greift der Vater nach ihm, zieht ihn an den Haaren, an den Armen oder an der Jacke zu sich und prügelt auf ihn ein, mit dem Gürtel, mit einem Holzscheit, mit dem Kochlöffel, mit irgendeinem Gegenstand, der gerade herumliegt.
Oder mit seinen bloßen Fäusten.

Großmutter musste schon oft den Arzt rufen wegen Sorins Verletzungen.

Sophia glaubt, dass der Doktor Angst vor dem Vater hat.

Er fragt nie, was passiert ist, wie die Verletzungen zustande gekommen sind.

Er behandelt Sorin, schreibt ein Rezept heraus und fährt in seinem Auto wieder weg.

Sorins gebrochenen Arm hat er in seiner eigenen Praxis gegipst.

Der Vater wollte kein Krankenhaus.

Anschließend hat er über die Arztkosten geschumpfen und angedroht, dass Sorin die entstandenen Kosten wieder abarbeiten müsste.

Wie, wüsste er ja.

Die Großmutter tritt hinter Sorin und legt schützend die Hand auf seine Schulter.

Es sind Kinder, erklärt sie, du musst es ihnen nachsehen. Sie wollten der Eule doch nur ...

Sie sind Nichtsnutze!, brüllt der Vater, taugen zu nichts, kosten Geld, ich muss sie durchfüttern ... so wie dich ... Kleidung, Schulsachen, Arztrechnungen, aber bald ist Schluss damit.

Wie meinst du das?, argwöhnt die Großmutter.

Das wirst du schon sehen, schnauzt der Vater sie an.

Sieben

Hast du schon einen Freund?, fragte die Frau.
Sophia antwortete nicht.
Nun?
Sophia schüttelte den Kopf.
Warum nicht?
Sie musste den Kloß in ihrem Hals hinunterschlucken und
spürte, dass sie rot wurde.

Also, was ist jetzt ... ein Mädchen wie du. Wie alt bist du eigentlich, na?
Die Frau zupfte verächtlich an Sophias Haar.
Zehn, sagte Sophia leise und versuchte, noch ein wenig
mehr von der Frau wegzurücken.
Du musst schon etwas lauter sprechen, wenn man dich verstehen soll, fuhr die Frau sie an, hat man dir das nicht bei-
gebracht.

Sie fuhren durch eine kleine Stadt, die ihrer Heimatstadt
sehr ähnlich war.
Die Häuser waren ebenso alt und manche halb verfallen.
Überall bröckelte von den Wänden der Putz.
Viele Fensterrahmen hätten einen neuen Anstrich ge-
braucht, so wie bei ihnen zuhause.

Ein ausgemergelter dürrer Hund strich mit eingezogenem
Schwanz an den Hauswänden entlang.
Sophia dachte an Jascha. Er war ein guter Hund.
Sorin hatte ihn geliebt.

Diese armseligen Leute schaffen es nicht einmal, ihre Fensterrahmen neu zu streichen oder ihre Türen, giftete die Frau, sieh sich das einmal einer an … nutzloses Pack.

Vielleicht sehen sie keinen Sinn darin, meinte der Fahrer.

Keinen Sinn, spottete die Frau, dann sollen sie sich doch gleich in ihren hässlichen Häusern aufknüpfen und ihr sinnloses Leben beenden.

Der Fahrer schwieg.

Die Großmutter hatte seit zwei Sommern versucht, den Vater dazu zu bringen, die Fensterrahmen am Haus zu streichen, erinnerte sich Sophia einen Moment.

Sie brauchen einen neuen Anstrich, Eugen, hatte sie immer wieder gesagt.

Nächsten Sommer!, war stets die Antwort des Vaters.

Die Kirche dieses Dorfes besaß einen runden Turm mit einem violetten Dach und bunten Mosaik-Fenstern im Seitenschiff.

Auf dem sehr kleinen, viereckigen Marktplatz spielte eine Horde Kinder.

Manche hüpften Seil, andere kickten einen alten fransigen Lederball über das Pflaster.

Sie schrien, lachten und jagten umher.

Sophia begann still zu weinen beim Anblick der spielenden Kinder.

Sorin und sie durften nur ins Dorf, um zur Schule zu gehen.

Mit anderen Dorfkindern zu spielen, erlaubte der Vater nicht.

Er wollte, dass sie auf dem Hof blieben und meinte, sie hätten ja den Wald.

Doch weil die Großmutter nicht mehr gut zu Fuß war, schickte sie die beiden Kinder ein Mal in der Woche zum Einkaufen ins Dorf.

Das war für sie beide der schönste Tag in der Woche.

Wenn sie allerdings zu spät nach Hause kamen, weil sie doch eine Weile mit den Dorfkindern gespielt hatten, stand der Vater bereits auf dem Hof und erwartete sie.

Er schlug dann, ohne etwas zu sagen, Sorin die Faust in den Magen.

Oder den Handrücken ins Gesicht.

Und sperrte Sorin bis zum nächsten Tag in den Keller.

Sorin wusste, was ihn erwartete, wenn sie im Dorf zu lange spielten, aber er nahm es in Kauf.

Sophia wurde nicht bestraft.

Acht

Die Eule muss weg, befiehlt der Vater und stapft nach draußen.

Sorin springt auf: Nicht, Vater! Bitte nicht!
Sophia weiß nicht, was los ist, warum Sorin so reagiert.
Die Großmutter sinkt auf einen Küchenstuhl und verharrt schweigend.
Was ist, Großmutter?, fragt Sophia erschrocken.
Es tut mir leid, Sophiska, murmelt die Großmutter nur.

Jetzt springt auch Sophia von ihrem Stuhl auf und stürzt nach draußen.
Kalter Wind schlägt ihr entgegen.
Mischka trippelt quer über den Hof, huscht an ihr vorbei.
Die Kronen der Bäume wiegen sich geräuschvoll im Wind.
Äste knacken.
Sie beginnt sofort zu frieren und sieht den Vater im Schuppen verschwinden, gefolgt von Sorin, der ihm nacheilt.

Sorin ruft irgendetwas.
In seiner Stimme ist Angst und Verzweiflung.
Sie kennt ihn gut genug, um zu wissen, wann er sich fürchtet.

Sie selbst kommt in dem Moment am Schuppen an, als der Vater die verängstigte verletzte Eule aus dem mit Stroh ausgelegten Korb nimmt und ihr mit einem einzigen Ruck den Hals umdreht.
Anschließend wirft er sie in den Korb zurück.

Sophia traut ihren Augen nicht.

Sorin brüllt den Vater an.

Der dreht sich um und schlägt Sorin den Handrücken so stark ins Gesicht, dass er laut aufschreiend gegen einen Holzstapel geschleudert wird.

Werft das stinkende Vieh in den Wald, zischt der Vater, wenn es gefressen wird, ist es wenigstens noch zu etwas nütze.

Sophia steht wie versteinert an der Schwelle zum Schuppen und hält vor Schreck die Hand vor den Mund. Sie spürt (und kann nichts dagegen tun) wie es ganz warm an ihren Schenkeln und den Beinen hinabläuft.

Sie errötet vor Scham.

Der Vater schubst sie achtlos beiseite, als er an ihr vorbeigeht.

Als Sorin sich aufrappelt, bemerkt er, was Sophia gerade passiert, nimmt sie an der Hand und geht mit ihr zum Haus zurück.

Du musst nicht weinen, Schwesterchen, tröstet er sie, mir ist das auch schon passiert, es ist nicht schlimm.

Sophia blickt ihn erstaunt durch ihre Tränen an: Dir?

Aber ja.

Wann?

Als ich das erste Mal abgeholt wurde.

Hattest du auch Angst?

Ja ... und wie.

Was macht man dort mit dir?, forscht Sophia.

Du weißt, dass ich darüber nicht sprechen darf.

Ich erzähle es niemandem.

Es geht nicht!

Bitte, Sorin.

Nein, Sophia, und jetzt lass mich in Ruhe damit.

Aber …
Kein aber. Willst du, dass Vater mich totschlägt?

Sophia schweigt.

Neun

Vielleicht sollte sie nun auch bestraft werden, dachte Sophia, so wie Sorin immer wieder.
Aber warum? Was hatte sie angestellt?
Ihr fiel nichts ein, egal, wie angestrengt sie darüber nachdachte.

Ihr Atem ging schnell und flach.

Werde ich bestraft?, fragte Sophia und zuckte zusammen.
Sie hatte überhaupt nicht laut sprechen wollen. Die Frage war ihr einfach so herausgerutscht.
Sie wurde rot und machte sich ganz klein.

Die Frau blickte sie verwundert an.
Aber nein, sagte sie, wie kommst du darauf?
Sophia zuckte mit den Achseln.

Warst du denn unartig?, fragte die Frau und lächelte ihr Nicht-Lächeln, bist du denn ein böses Mädchen? Hast du etwa deinen Papa enttäuscht?
Bei dem Wort „enttäuscht" veränderte sich ihre Stimme und das Wort klang wie etwas sehr Unheilvolles.

Sophia schüttelte den Kopf.

Seltsam, warf die Frau ein, in deinem Alter wollen die meisten doch schon ein böses Mädchen sein.
Sophia wusste nicht, wovon die Frau redete.
Sie wusste nur, dass sie *nicht* böse sein wollte.
Wusste aber, dass sie es schon manches Mal war.

Auf ihren Vater.
Und hin und wieder auch auf Sorin.
 Manchmal sogar auf die Großmutter.
Aber sie spürte dann jedes Mal, dass sie es eigentlich nicht sein wollte.
Zumindest nicht für lange.
Und dass sie wieder verzeihen wollte.

Sie will, dass man sie liebt.
So wie sie die Menschen liebt.
Und die Tiere.
Selbst ihren Vater liebt sie.
Sie glaubt noch immer, dass er gar nicht böse sein will.
Glaubt, dass er nur verzweifelt ist, und traurig.

Seit dem Tod der Mutter hatte sie den Vater nicht mehr lächeln sehen.
Er ging umher, redete mit sich selbst, mit der toten Mutter, trank viel von dem Schnaps, den er selbst brannte, schlief auf dem Sofa im hinteren Zimmer, jenes, das zum Wald hin liegt, und verschwand hin und wieder für Tage.

Manchmal brachte ihn die Polizei zurück.
Oder irgendeiner der Männer, die er seine Freunde nannte.
Oder auch der Förster, wenn er ihn bei der Jagd erwischte.
Oder wenn er besoffen irgendwo in einer der Waldhütten lag.

Im Suff hatte er schon einmal auf den Förster geschossen, aber der hatte ihm dennoch das Gewehr gelassen. Für die Jagd.
Doch der Vater traf nichts.
Er kam nie mit einem Reh oder einem Hasen nach Hause.

Leute aus den umliegenden Dörfern schleppten ihre alten, reparaturbedürftigen Autos, Traktoren oder Landmaschinen an, die der Vater gegen Bezahlung reparierte.

Davon lebte die Familie.

Und von Großmutters Broten, die sie backte und zwei Mal in der Woche verkaufte.

Zusammen mit den Eiern, die ihre Hühner legten.

Jeden Mittwoch und Freitag kamen eine Handvoll Menschen aus Bogdana auf den Hof und kauften bei ihr ein. Manchmal auch aus Vaslui oder Laza.

Manchmal verdiente sie damit mehr als Vater mit seinen Reparaturen, die er oft wochenlang nicht mehr vornahm, weil er zu viel trank und ständig besoffen war.

Zehn

Vater ist ein Schwein, sagt Sorin.
So darfst du nicht reden!, erwidert Sophia.
Natürlich. Warum nicht?
Er ist unser Vater.

Na und, er ist ein Schwein. Er ist auch Schuld, dass Mama tot ist.
Warum sagst du so etwas?
Weil es stimmt.

Und auch wegen dem, was er mit Großmutter macht, wirft Sorin ein.
Sophia schaut ihn fragend an.
Du weißt es nicht?, fragt Sorin erstaunt.
Was meinst du?

Schon gut, sagt er, ist nicht so wichtig. Vielleicht täusche ich mich auch.
Was meinst du, Sorin?
Nichts ...
Du bist gemein. Wenn du es mir nicht verrätst, erzähl ich es Vater.
Das tust du nicht!, schreit Sorin sie wütend an.

Wohl!
Nein!
Und wenn doch, sagt sie schnippisch und setzt sich in Bewegung.
Sorin stürzt los, überholt sie, baut sich vor ihr auf und gibt ihr eine schallende Ohrfeige.

Sie läuft heulend ins Haus.

Gleich darauf erscheint die Großmutter im Türrahmen und ruft drohend nach ihm.
Doch er hat sich schon aus dem Staub gemacht und versteckt sich irgendwo.
Na warte, du Lausebengel!, ruft die Großmutter in den Wald hinein.
Doch das ist die falsche Richtung. Sorins Versteck ist nicht im Wald.

Dort würde er nur seinem Vater begegnen können.

Elf

Die Frau schwieg lange Zeit.

Sophia betete im Stillen.
All ihre Gedanken füllten sich mit den Worten.
Sie spürte, wie ihr Herz schwer wurde, ganz schwer.

Sie bat immer wieder, dass der liebe Gott sie beschützen möge.
Dass er sie wieder nach Hause und in die Arme ihrer Großmutter bringen würde.
Sie musste darauf achten, dass sie nicht noch einmal laut sprach.
Sondern nur in Gedanken.

Mit der Stimme, die nur im Innern war, im Kopf.
Diese Stimme konnte alles sagen.
Sie konnte sogar ganz laut schreien, ohne dass es jemand hörte.

Manchmal schrie sie mit dieser Stimme.

Sie schrie mit ihr ihren Vater an.
Sie beschimpfte ihn, verfluchte ihn, beleidigte ihn.
Diese Stimme durfte das.
Durfte alles!
Sie war so leise, dass man ihr nichts nachsagen konnte.
Die Welt war taub gegen sie.

Nicht einmal ihre Mutter hatte diese Stimme hören können.

Sophia war immer brav und folgsam gewesen.
Nur die Stimme im Innern wehrte sich.
Aber niemand konnte sie hören.
Nur sie selbst.

Jetzt, in diesem Moment, schrie sie so fürchterlich laut, wie sie nur konnte.
Sie schrie um Hilfe:

H I L F E!

Sie schrie zum Himmel hinauf.
Dort, wo ihre Mama war – und der liebe Gott.

Die Mutter hatte auf dem Sterbebett versprochen, dass sie immer bei ihrer kleinen Sophiska sein würde. Auch wenn sie sie nicht sähe. Dass sie vom Himmel aus zusehen würde. Mit der Stimme im Innern konnte sie mit ihrer Mutter im Himmel sprechen, ohne dass irgendwer auf der Welt mithören konnte.
Das hatte die Mutter ihr versprochen.

Mit dieser Stimme betete sie in diesem Moment zum lieben Gott.
Er musste sie doch hören!

Zwölf

Ich werde dich beschützen, sagt die Großmutter und streicht Sophia über das braune lange Haar, dein Vater wird dir nichts tun, solange ich hier bin.

Sophia schaut sie fragend aus den Augenwinkeln an.

Du hast dieselben Augen wie deine Mutter, meint die Groß-mutter wehmütig lächelnd und bekreuzigt sich, sie sind dunkelgrün wie die Felder unserer Heimat.
Sophia lächelt zurück.

In diesem Moment betritt der Vater die Küche und glotzt die beiden mit starrem Blick an, vor allem seine Tochter. Er riecht nach Schweiß und Schnaps und stellt sich breitbeinig vor sie beide hin.
Koche Wasser und steck sie in die Wanne, sagt er und deu-tet mit einem Blick auf Sophia.

Die Großmutter erschrickt: Warum?
Du sollst nicht fragen, brummt er, du sollst tun, was ich dir auftrage. Es ist an der Zeit.
Aber …
Wirst du wohl tun, was ich dir sage, alte Frau!, droht er und ballt die Fäuste.

Sie ist noch zu jung, klagt die Großmutter verzweifelt.
Warst du nicht auch zehn Jahre alt, entgegnet der Vater.

Sophia blickt fragend vom einen zum andern.

Deshalb sage ich dir ja, sie ist noch zu jung.

Das sollte doch wohl ich als ihr Vater entscheiden, meinst du nicht auch?

Eugen, ich bitte dich.

Schluss!, knurrt er.

Nimm mich, du hattest doch bisher keinen Grund, dich zu beklagen, ist es nicht so?

Der Vater hält inne.

Siehst du, sagt die Großmutter in seine Grübeleien hinein und erhebt sich, nun komm!

Sophiska, geh hinaus, spielen, suche deinen Bruder, befiehlt die Großmutter, spielt miteinander, meinetwegen auch in den verrosteten Schrottkarren.

Sophia will etwas erwidern.

Geh!, fährt die Großmutter sie schroff an, zerrt sie vom Sofa hoch und scheucht sie davon, geh, sag ich dir!

Sophia erschrickt und stolpert fast nach draußen.

Der Vater will sie am Arm packen und festhalten, doch die Großmutter geht dazwischen, ergreift seine Hand und zieht ihn weg von Sophia, zu sich heran.

Komm, sagt sie zu ihm, in meine Kammer.

Draußen, vom Hof her, sieht Sophia durch die offene Haustüre, im Halbdunkel des Flurs, ihre Großmutter beschwerlich die Stiege hinaufsteigen, gefolgt von ihrem Vater, der ihr verächtlich grinsend an den Röcken zerrt und ihr grob auf den Hintern schlägt.

Dreizehn

Sie rannte in den Wald, verfolgte die flüchtende Mischka.
Der Hof brannte lichterloh.
Sogar die alten verrosteten Autos standen in Flammen.
Sie hörte Sorins Stimme von irgendwoher, der suchend
nach ihr rief.

Im brennenden Haus schrie die Großmutter um Hilfe.
Vom Feuer erfasste Hühner rannten quer über den Hof und
flatterten panisch im Todeskampf.
Aus dem Wald knallten Schüsse. Das musste der Vater sein.
Es stank überall.

Sie rannte immer weiter, immer tiefer in den Wald hinein.
In die Dunkelheit.
Auch im Wald stank es.
Dort, wo es sonst immer nach Tannenzapfen und Fichten-
nadeln duftete.

Sie rannte und rannte.

Sie rannte immer schneller und keuchte. Ihre Beine wurden
schwer.
Mitten im Wald, auf der weichen nadelbedeckten dunklen
Erde, ragte das verzweigte Wurzelwerk eines Baumes aus
dem Boden.
Sie stolperte und fiel hin.

Unweit entdeckte sie ihren Vater, der in der Dunkelheit mit
einer Schaufel aufgehäufte Erde in ein Loch schaufelte.
Sie rief nach ihm und rannte zu ihm hin.

Der Vater bemerkte sie nicht, stach die Schaufel in den Erd-
haufen und warf von neuem, schnaufend, Erde in das Loch.
Aus dem Dickicht des Waldes erklang der Ruf eines Kauzes.
Sophia stand am Rand des gewaltigen Loches und schaute
hinein.

Der Schreck fuhr ihr in die Glieder und in den Magen.
Sie sank weinend nieder.
In dem Erdloch lag ihre tote Mutter in einem weißen Kleid,
ihr Gesicht schon halb mit Erde bedeckt.

He, wach auf!, rief die Frau und rüttelte an ihren Schultern,
ich habe gesagt, du sollst etwas schlafen und dich ausruhen
und mir nicht mit deinen Träumen auf die Nerven gehen.
Sophia erschrak, blickte sich verwirrt um und begriff, dass
sie einen schlimmen Traum gehabt und sogar geschrien
hatte.

Ihre Angst kam schlagartig zurück.

Vierzehn

Eines Tages werde ich ihn umbringen, sagt Sorin, der plötzlich hinter ihr steht.
Sie fährt erschrocken herum, schlägt ihm gegen die Brust und rennt davon.
Na warte!, ruft er und rennt ihr nach.
Am Schuppen holt er sie ein und packt sie am Arm.

Hast du jetzt gesehen, was er mit Großmutter macht, sagt er.
Sophia blickt ihn stirnrunzelnd und mit fragendem Blick an.
Du bist so dumm, knurrt Sorin.
Aber was meinst du denn nur?
Du Dummkopf!
Lass das, Sorin, sag es mir.

Sorin scheint zu überlegen.
Nun? Sagst du es mir?, bohrt Sophia.
Er benutzt sie als seine Frau, entgegnet er.
Wie meinst du das?
Er steckt sein hässliches stinkendes Ding in sie rein.

Sophia legt ungläubig die Stirn in Falten.
Du dumme Gans ... er fickt sie, schnauzt Sorin.
Nein!
Doch. Er ist ein Dreckschwein.
Du lügst. So etwas würde Papa nicht tun, und Großmutter auch nicht.

Dein P a p a macht noch ganz andere Dinge.
Das glaube ich dir nicht.

Du dumme Gans, murrt Sorin, los, lass uns die Eule beerdigen.

Zusammen gehen sie in den Wald.

Sorin trägt die Schaufel, Sophia den Korb mit der toten Eule.

Sie trottet hinter ihrem Bruder her.

Sorin hat die Eule zugedeckt, damit sie sie nicht andauernd anstarrt und weinen muss.

Wir müssen tief graben, damit die Wildschweine sie nicht wieder ausbuddeln, erklärt Sorin.

Die Wildschweine?, fragt Sophia.

Ja, sie fressen alles, buddeln alles aus. Sie sind wie Vater, wühlen im größten Dreck und stinken danach.

Vater ist nur traurig, erwidert Sophia.

Irgendwann ..., sagt Sorin, ... werde ich ihn töten.

Fünfzehn

Wir müssen bald tanken, erklärte der Fahrer und zündete sich eine Zigarette an.
Sophia musste husten.

Siehst du, du rauchst zu viel, sagte die Frau zu dem Mann, die Kleine muss husten. Das ist sie anscheinend nicht gewöhnt. Raucht dein Vater etwa nicht?, wandte sie sich an das Kind.
Doch, antwortete Sophia ängstlich und leise, aber ... er geht hinaus auf den Hof zum Rauchen.
Der Fahrer öffnete das Seitenfenster einen Spalt.

Warum denn das?, wunderte sich die Frau.
Großmutter will es so, antwortete Sophia zögerlich.
Die Frau kicherte: Deine Großmutter hat wohl bei euch zuhause das Sagen.
Sophia blickte sie fragend an.

Deine Großmutter ist wohl der Herr im Haus, was?, höhnte die Frau.
Großmutter sagt, Papas Tabak stinkt wie der verbrannte Mist auf unserem Hof, diesen Gestank will sie nicht im Haus haben, erklärte Sophia.
Die Frau lachte laut auf.

Ein Glück, dass wir nicht mit deiner Großmutter verhandeln mussten, erwiderte sie und begann sich mit Hilfe eines kleinen Handspiegels zu schminken.
Als sie neuen Lippenstift auftrug, schaute sie mit einem Seitenblick zu dem Kind und sagte: Möchtest du auch einmal?

Sophia schüttelte den Kopf.

Das glaube ich dir nicht, bemerkte die Frau, bestimmt schminkst du dich heimlich und ziehst die Kleider deiner Mutter an, wenn sie nicht da ist.

Meine Mutter ist gegangen, entgegnete das Kind mit wässrigen Augen.

Sie ist abgehauen, hat euch verlassen?, spottete die Frau, na ja, wenn ich mir deinen Vater und diesen armseligen Hof so anschaue, kann man ihr das auch nicht verdenken.

Meine Mama ist gestorben, erwiderte Sophia.

Die Frau verstummte und blickte das Kind an. Auf ihre Stirn stahl sich eine Falte, nur einen flüchtigen Moment lang, dann sagte sie: Umso besser.

Sechzehn

Dreht jemand, der traurig ist, einer verletzten Eule den Hals um?, fragt Sorin hasserfüllt.

Sophia schweigt.
Na?
Vielleicht ...

Du würdest ihn noch in Schutz nehmen, wenn er Mischka ersäufen würde, bemerkt Sorin verächtlich.
Sie antwortet nicht.
Du spinnst doch, empört er sich.

Nachdem sie die Eule begraben haben, trotten sie traurig zurück nach Hause.
Sophia weint um die Eule.
Sorin schweigt verstockt.

Großmutter hantiert in der Küche herum, klappert mit den Töpfen.
Ihr Gesicht ist finster.
Als die beiden Kinder im Türrahmen erscheinen, erhellt sich ihr Blick.
Kommt herein, lächelt sie, setzt euch an den Ofen, wärmt euch auf, bald gibt es Essen.
Sie tritt ihnen wohlwollend entgegen und streicht beiden liebevoll übers Haar.

Sorin lächelt Sophia vielsagend an und zwinkert ihr zu.

(Das Lächeln soll sagen: Siehst du, ich habe dir doch gesagt, dass sie vergessen wird, dass sie eigentlich mit mir schimpfen wollte.)

Woraufhin Sophia zurück zwinkert.

Wo ist Vater?, fragt Sorin mit bebender Stimme.

Er schläft seinen Rausch aus, antwortet die Großmutter.

Gut so, meint Sorin und hält die kalten Hände über die Ofenplatte.

Irgendwann werde ich ihn für das bestrafen, was er uns antut, prophezeit er.

Die Großmutter tritt zu ihm, legt behutsam ihre Hände auf seine Schultern und sagt: Du bist ein guter Junge, Sorinschi, deine Mutter wäre stolz auf dich. Du bist zwar erst zwölf, aber wenn du alt genug bist, wirst du weggehen und diesen Hof und das Leben darauf vergessen. Du wirst ein Mann sein und eine eigene Familie gründen und du wirst auch den Hass vergessen. Du wirst ihn vergessen *müssen*, damit du weiterleben kannst. Allerdings hoffe ich, dass du dich an mich erinnern wirst, lächelt sie wehmütig. Und vielleicht nimmst du auch deine Schwester Sophiska mit, damit auch sie die Möglichkeit hat, ein neues, ein besseres Leben zu leben als dieses hier.

Sorins Augen füllen sich mit Tränen und die Großmutter nimmt ihn in die Arme.

Siebzehn

Wir machen einen Filmstar aus dir, sagte die Frau.

Das Kind errötete und hob fragend die Augen.
Was sagte sie da? Einen Filmstar?
Warum Filmstar?
Sie lügt, dachte Sophia.

Der Fahrer schaute in den Rückspiegel und starrte die Frau
vorwurfsvoll an.
Sie erwiderte achselzuckend seinen Blick.
Was hast du denn, schnauzte sie ihn an, sie darf doch ruhig
wissen, was auf sie zukommt, dass sie etwas Besonderes er-
wartet.
Der Mann schüttelte verständnislos den Kopf.

Hast du schon einmal Theater gespielt, an der Schule?, frag-
te die Frau.
Sophia nickte.
Das ist gut, bemerkte die Frau grinsend, dann wird es ein
bisschen leichter ... vielleicht.
Ich möchte nach Hause, sagte Sophia, bitte.

Hast du nicht gehört, was dein Papa gesagt hat, erwiderte
die Frau.
Der Fahrer zündete sich erneut eine Zigarette an und ließ
wieder das Fenster ein wenig herunter.

Nach Hause wirst du wohl eine Weile nicht können, meinte
die Frau, du wirst arbeiten. Und du wirst deine Arbeit gut
machen, ja, wirst du das? Damit hilfst du deiner Familie.

Weißt du, dein Vater ist ein Versager und ein Säufer, er kann euch nicht alleine versorgen, er braucht eure Hilfe. Dein Bruder arbeitet schon für uns, manchmal. Und das wirst du jetzt auch tun, ja, meine Kleine.

Sie lügt, dachte Sophia wieder.
Und Sorin? Warum Sorin?

Du wirst jetzt schön brav sein und still sitzen, während ich dich ein bisschen hübsch mache, wirst du das, meine Kleine? Die Frau rückte näher an Sophia heran und kramte aus einem Kosmetiktäschchen Lippenstift, Kajal, Rouge, Haarbürste, Haarspängchen und Parfüm.

Sophia wollte noch weiter von ihr wegrücken, doch sie saß schon an die Türe gepresst und konnte nicht weiter fliehen.

Halt still, befahl die Frau, als sie sich mit dem Kajalstift Sophias Gesicht näherte, sonst steche ich dir am Ende noch ein Auge aus und das willst du doch nicht, oder.
Sie roch das aufdringliche Parfüm der Frau sowie den Duft ihrer Handcreme, vermischt mit dem Geruch gerauchter Zigaretten, und ließ die Prozedur über sich ergehen.

Der Atem der Frau strich Sophia hin und wieder übers Gesicht, immer dann, wenn sie etwas sagte oder durch den Mund atmete, was sie von Zeit zu Zeit tat.
Das Kind versuchte in diesen Momenten die Luft anzuhalten, denn ihr Atem roch unangenehm.

Na also, siehst du, selbst aus dem hässlichsten Entlein lässt sich mit ein bisschen Schminke etwas machen, meinte die Frau, sieh her!
Sie hielt dem Kind einen Handspiegel vors Gesicht.
Sophia blickte verstört ihr Spiegelbild an.

Da staunst du, was?, bemerkte die Frau, du wirst gut ankommen, sie werden ganz verrückt nach dir sein. Sieh sie
dir an, Valea, wandte sie sich an den Fahrer, ist sie nicht
schon fast eine kleine Lady?
Der Mann warf einen kurzen Blick über die Schulter auf das
Kind und zwinkerte mit dem rechten Auge.

Achtzehn

Was erzählst du den Kindern da für einen Dreck, bellt der Vater zornig lallend, du hetzt sie gegen mich auf!
Er steht mit einem Mal im Türrahmen.

Nein, Eugen ... niemals, beschwichtigt die Großmutter.
Er macht einen bedrohlichen Schritt auf sie zu.
Du hetzt sie schon lange gegen mich auf, ich weiß es, lüg nicht, schimpft er weiter, und jetzt setzt du ihnen den Floh ins Ohr, sie könnten später weggehen, abhauen und mich hier verrecken lassen, du alte Hexe!

Du bist betrunken, Eugen, geh nach oben, schlaf deinen Rausch aus, erwidert die Großmutter.
Sorin wird einmal den Hof übernehmen!, brüllt er unbeirrt weiter, auch wenn er zu dieser Arbeit nicht taugt.
Den Hof, begehrt die Großmutter auf, was soll der Junge damit anfangen, sieh uns doch an!
Es ist der Hof meiner Familie!, schreit er.
Den du verkommen lassen hast!, fällt ihm die Großmutter ins Wort.
Von dem ich dich verjagen sollte wie eine räudige Hündin!, brüllt er.

Du weißt nicht, was du sagst, lenkt die Großmutter ein.
Das weiß ich sehr wohl!
Die Stimme des Vaters überschlägt sich.
Er lallt und schreit und tobt.

Sophia hat sich unter dem Tisch in Sicherheit gebracht.

Der Vater geht einen weiteren Schritt auf die Großmutter zu.
Er schlägt ihr unvermittelt ins Gesicht.
Sie fällt zu Boden und wirft dabei einen Stuhl um.

Sorin springt auf und will ihr helfen.
Lass sie liegen, die alte Kuh!, schnauzt der Vater und will ihn von der Großmutter wegzerren. Doch Sorin wehrt sich, reißt sich los und brüllt seinen Vater an: Du bist ein Schwein, ein mieses Schwein!

Der Vater hält erstaunt inne.
Begreift offenbar erst allmählich, was sein Sohn ihm da gerade eben an den Kopf geworfen hat.
So redest du also mit deinem Vater!, schreit er schließlich los, schnappt nach dem Jungen, der abhauen will, erwischt ihn jedoch an den Haaren und zieht ihn gewaltsam zu sich heran.

Sorin schreit vor Schmerz auf.
Ein Schrei, der allen durch Mark und Bein gehen muss.
Vielleicht auch seinem Vater?

Doch der holt unbeirrt ein weiteres Mal aus und schlägt seinem Sohn die Faust in den Magen.
Als der Junge sich schmerzverzerrt krümmt und dabei erbricht, holt der Vater zum nächsten Schlag aus.
Er trifft den Jungen am Kopf.
Sorin geht sofort zu Boden und bleibt reglos liegen.

Du bist verrückt geworden, kreischt die Großmutter weinend und versucht, sich aufzurappeln, willst du ihn denn totschlagen, so lass ihn doch endlich in Ruhe!
Sophia hat sich unter dem Tisch zusammengerollt und hält die Augen krampfhaft geschlossen.
Sie will nichts von all dem sehen.

Überschäumend vor Wut packt der Vater den bewusstlosen Jungen und zerrt ihn an einem Arm aus der Küche.

Das Geräusch des über den Boden geschleiften Bruders versetzt Sophia in Panik.

Sie beginnt bitterlich zu weinen.

Neunzehn

Sie fuhren wieder an Feldern entlang, über denen Nebelschwaden hingen.

Einzelne dürre blattlose Bäume ragten krumm und hässlich aus dem Boden.
Krähen hüpften flügelschlagend auf den kargen verlassenen Feldern umher, stießen ihre schrecklichen Laute aus und hackten sich gegenseitig ins Gefieder.

Eine gottverlassene Gegend, sagte die Frau, du kannst froh sein, Mädchen, von hier wegzukommen und einmal etwas anderes zu sehen. Und zu erleben, fügte sie höhnisch hinzu.

Sophias Traurigkeit lag schwer auf ihr.

Sie hatte sich nicht einmal von Sorin verabschieden können.
Sorin, ihr lieber Bruder. Ihr stolzer Bruder.
Ihr Beschützer.
Kein Lebewohl, kein Abschiedskuss, kein „bis bald", kein „ich werde auf dich warten", kein „machs gut, Schwesterchen", kein „ich werde dich holen".

NICHTS.

Bitte lieber Gott, beschütze Sorin, flüsterte sie, und beschütze mich.

Der wird dir jetzt auch nicht mehr helfen können, meinte die Frau.

Sophia erschrak, weil sie schon wieder laut gesprochen hatte und überlegte zugleich, wen die Frau meinte, den lieben Gott oder Sorin.

Valea, gib Gas, herrschte die Frau den Fahrer an, ich möchte nicht erst ankommen, wenn es dunkel ist, wir haben noch einiges vorzubereiten.
Valea nickte und schaute in den Rückspiegel zu Sophia.
Als ihre Blicke sich trafen, wendete er den seinen rasch wieder ab.

Da vorne ist eine Tankstelle, meinte er, ich werde halten und tanken.
Ist gut, erwiderte die Frau, bring mir einen Becher Kaffee mit, schwarz, ohne Zucker, ja.
Valea hielt an und stieg aus ohne zu antworten.

Idiot, zischte die Frau. Sie wandte sich an Sophia und meinte: Alle Männer sind Idioten. Idioten und verkommene Schweine, merk dir das.
Daraufhin stieg sie aus und steckte sich eine Zigarette an.

Sophia beobachtete sie.

Sie ging rauchend umher, holte ihr Handy heraus und tippte Nachrichten.
Valea trottete in die Tankstelle, um zu bezahlen.
Die Frau stand nun mit dem Rücken zum Wagen und telefonierte.
Ihre laute Stimme war sogar im Wageninnern deutlich zu hören.

Wovon sie redete, verstand Sophia nicht.
Sie sprach schnell und benutzte Wörter, die das Mädchen nicht kannte.

Leise öffnete Sophia die Wagentüre.

Vergewisserte sich, dass die Frau nichts gehört hatte und sah noch einmal zum Tankstellenhäuschen hinüber – dort war niemand zu sehen.

Vorsichtig stieg sie aus.

Zwanzig

Der Vater stampft die Kellertreppe herauf und wankt in die Küche.
Er glotzt die Großmutter an, die auf dem Kanapee am Ofen kauert und Sophia im Arm hält.
Die alte Frau streicht tröstend über den Kopf des Kindes und summt dazu in monotonem Singsang ein Kinderlied.

Der verdammte Bengel bleibt die nächsten drei Tage im Keller!, bellt er lallend, wollen doch mal sehen, ob er sich dann gegen seinen Vater zu benehmen weiß. Wenn du ihm etwas zu Essen bringst, schlag ich dich tot, alte Frau, hast du mich verstanden.
Ist gut, Eugen, erwidert die Großmutter, beruhige dich wieder.

Meistens weiß sie ihn zu beschwichtigen, weiß, wie sie ihn nehmen muss, wie sie ihn wieder in einen zahmen, zahnlosen Hund verwandelt, wenigstens eine Zeitlang.
Wenn es gar nicht anders geht, muss sie sich ihm hingeben.
Er ist nicht wählerisch.
Besser sie als das Kind, denkt sie.

Eine passende Frau, eine Frau seines Alters, hat er seit dem Tod von Sophias Mutter nicht mehr für sich gewinnen können.
Obwohl es im Dorf einige alleinstehende Frauen und Witwen gibt.
Sie wissen eben, dass er ein Schwein ist. Er hat einen schlechten Ruf.
Das ist ihr Glück, denn er würde ihnen Unglück bringen.

Sie selbst würde ihn lieber tot sehen.

Er ist nur ihr Schwiegersohn. Und er ist ein verkommenes Schwein.

Sie wünschte, *er* wäre vor Jahren gestorben und nicht ihre Tochter, die diesen Mann aus welchen Gründen auch immer geheiratet hatte.

Wenn er zum Saufen ins Dorf fährt, wird sie hinabsteigen und nach dem eingesperrten Jungen sehen und ihm etwas zu essen bringen.

So wie sie es immer macht.

Das besoffene Dreckschwein wird gar nichts davon mitbekommen.

Was ist mit dem Jungen?, fragt sie voller Sorge.

Er schläft!, faucht er.

Hat er gesprochen?

Was gehts dich an!

Der Junge war ohnmächtig, er braucht einen Arzt, entgegnet sie besorgt.

Den ich bezahlen muss … kommt gar nicht in Frage.

Und jetzt zieh der Kleinen das beste Kleidchen an, los, mach schon!, befiehlt er.

Die Großmutter blickt erschrocken auf: Warum?

Sie verlässt uns heute.

Verlassen? Ihre Stimme überschlägt sich, sie krächzt: Was redest du da, Eugen?

Einundzwanzig

Sie rannte los.

Rannte um das Tankstellenhäuschen herum, weg von dem Auto, weg von der Frau.
Quer über ein Feld.
Rannte über kurzes braunes struppiges Gras und weiche Erdhäufen, über Wurzeln und kleine Erdlöcher, in denen sich schmutziges Wasser gesammelt hatte.
Sie stolperte, tat sich weh, raffte sich wieder auf und rannte weiter.

Die Luft war kalt – Winterluft.
Stach ihr während des Rennens schmerzhaft in die Lungen.
Ihre Füße waren nass.
Die Schuhe dreckig, voller Erdklumpen.
Die weiße Strumpfhose zerriss an dürrem Geäst, das hier und da aus dem Boden stak und ihre Schienbeine und Waden zerkratzte.

Sie schnaufte und weinte laut.
Nicht ein einziges Mal blickte sie zurück. Etwas trieb sie an.
Etwas, das sie bis dahin noch nie gespürt hatte.
Etwas, das sich eisern um ihr Herz legte, das ihren Magen verkrampfte.
Etwas, das von ihren Gedanken voll und ganz Besitz ergriffen hatte.

Vielleicht war es das, von dem ihre Großmutter in den Geschichten aus dem Krieg gesprochen hatte? Das, was sie „Todesangst" nannte.

Sophia erreichte den Rand des Feldes, an welchem auf dieser Seite ein Feldweg entlang führte.
In einiger Entfernung entdeckte sie, etwas tiefer liegend in einem Tal, die ersten Dächer eines kleinen Dorfes und lief darauf zu.

Von dem steinigen Feldweg führte ein noch schmalerer Trampelpfad auf ein abseits liegendes Gelände. Eine lange kahle Hecke mit dunklen Früchten säumte ihn auf seiner ganzen Länge.
Sophia bog auf den Pfad ab und nahm den Geruch der Hecke beim Laufen wahr.

Nach einer Biegung tauchte ein kleiner Hügel vor ihr auf.
Auf ihm stand das Gerippe eines neuen Hauses.
Nur Mauern, keine Fenster und Türen.
Ein Rohbau.

Steine, Holzpaletten und Leitern lagen wahllos verstreut herum. Vor dem Haus stand ein Betonmischer. Menschen waren keine zu sehen.
Alles lag still und verlassen.

Sie lief auf das Haus zu.

Stürmte hinein, ekelte sich vor dem Geruch nach feuchtem und kaltem Mörtel, und lief die Treppe in den ersten Stock hinauf.
Vor dem Keller fürchtete sie sich.

Im ersten Stock führte eine weitere Steintreppe noch höher, auf das Dach des Hauses.
Sie stolperte in Panik die Stufen hinauf und kletterte durch eine Art Öffnung auf das flache Dach.
Eine Stimme sagte ihr, dass man sie dort nicht suchen würde.

Oben angelangt, legte sie sich auf den Bauch und robbte bis zum Rand.

Von dort hatte man eine gute Sicht auf das Umland.
Sie entdeckte den Pfad und die Hecke, und weiter hinten den steinigen Weg und das Feld, über das sie geflüchtet war.
Noch weiter weg, an der Hauptstraße gelegen, sah sie die Tankstelle und das dazugehörige Häuschen.

Aber sie konnte das Auto nicht sehen.

Zweiundzwanzig

Wieso hast du bis jetzt nichts gesagt, Eugen?, klagt die Großmutter verzweifelt und bekreuzigt sich, das geht nicht, das kannst du uns nicht antun.

Ich muss nicht mit dir darüber reden, du bist nur ihre Groß-mutter, entgegnet der Vater.
Aber das geht nicht, Sophia muss hier bleiben, erwidert sie, das ist ihr Zuhause. Hier bei uns. Wir sind ihre Familie.
Es ist besser so, meint der Vater, wir können ihr hier nichts bieten, und sie muss nur durchgefüttert werden. Dort, wo sie hinkommt, kümmert man sich um sie.

Wo soll das sein ... und wann werden wir sie wiedersehen?
Ich weiß es nicht, stammelt er halb besoffen, Weihnachten ... oder Ostern ... was weiß ich.

Sophia schlüpft näher an ihre Großmutter heran.
Verbirgt sich bei den Worten des Vaters vollends in ihrer Umarmung und klammert sich verzweifelt an sie.

Der Geruch der Großmutter, wenn sie so nahe bei ihr ist, dieser Geruch nach altem fauligem Kräutertee-Atem und den verschiedenen Ausdünstungen und Gerüchen in der ab-getragenen Strickjacke sind Sophia nach dem Tode der Mutter nach und nach zur Heimat geworden.
Zur Zuflucht.

Und ihrer Geborgenheit.
Immer dann, wenn der prügelnde und saufende Vater das Leben auf dem Hof in eine Art Vorhölle verwandelt. So wie

sich die Großmutter manchmal ausdrückt, natürlich in der Überzeugung, ihre kleine Sophiska würde sowieso nicht verstehen, was sie damit meint.

Aber Sophia versteht.

Die Großmutter erhebt sich.
Sophia hält sie fest, will sie nicht aufstehen lassen.
Bitte, Großmutter, lass mich nicht weg, fleht sie, lass mich bei dir bleiben, bitte! Bitte, Vater, schick mich nicht weg, bitte!

Sophia schluchzt und zittert am ganzen Körper.
Sie bekommt einen Weinkrampf.

Nun mach schon!, fährt er die Großmutter an, nimm sie mit nach oben, zieh sie ordentlich an, sie wird gegen drei abgeholt.
Um Gottes willen, schon in einer Stunde, was hat das zu bedeuten, Eugen?

Das habe ich dir doch gerade eben erklärt, brüllt er zornig, nun nimm das Kind und ziehe es an, pack ihr einen Koffer mit Kleidern, Waschzeug und ein paar Spielsachen. Mach schon, oder soll ich es etwa tun.
Die querverlaufende Ader auf seiner Stirn schwillt gefährlich blau an.

Ich lasse das Kind nicht gehen, schluchzt die Großmutter und stellt sich schützend vor Sophia, sie wird sterben vor Einsamkeit und Heimweh, sie ist zehn Jahre alt. Ich bitte dich, Eugen, du kannst sie doch nicht alleine in die Welt hinaus schicken, gib ihr noch zwei Jahre … besinne dich.

Der Vertrag ist abgeschlossen, bellt er, es gibt kein zurück!

Nein, niemals lasse ich sie mir nehmen, meine Sophiska!, ruft die Großmutter und schiebt Sophia hinter sich.

Das kleine Mädchen verschwindet hinter der fülligen Gestalt.

Der Vater macht einen Schritt auf die Großmutter zu und schlägt ihr die flache Hand ins Gesicht.

Die alte Frau taumelt zur Seite und Sophia kommt zum Vorschein.

Sie steht weinend da und schaut voller Entsetzen von ihrer Großmutter zum Vater, der sie in diesem Moment grob am Arm packt und gewaltsam die Treppe hoch zerrt.

Der Boden des Daches war fürchterlich kalt.

Sie fror, ohne Jacke, in dem leichten Kleidchen, in der dünnen zerrissenen Strumpfhose.

Und musste husten.

Der Staub fuhr ihr in die Nase und brachte sie nun auch noch zum Niesen.

Tränen tropften in den Staub des Steinbodens.

Ihre Angst war so groß, dass sie sterben wollte.

Sorin, flüsterte sie, lieber Sorin … hilf mir … lieber Bruder.

Dann hörte sie den Motor eines Autos und blickte ängstlich in alle Richtungen.

Einen Augenblick später entdeckte sie es.

Es fuhr drüben auf dem Feldweg, von dem sie selbst gekommen war.

Fuhr langsam, im Schritttempo.

Sophia erkannte den Wagen.

Der Mann und die Frau suchten sie also.

Lieber Gott, hilf mir, betete sie, lass sie mich nicht finden.

Sie dachte daran, dass sie auch damals, als ihre Mutter krank geworden war, zum lieben Gott gebetet hatte, er möge ihre Mutter am Leben lassen und retten.

Wir dürfen Gott, unseren Herrn, nicht versuchen, belehrte die Großmutter, immer, wenn Sorin oder sie sich über den lieben Gott beschwerten. Wenn sie der Meinung waren, er wäre ein ungerechter Gott, weil er die Mutter nicht gerettet hatte.

Wir sind seine Geschöpfe, stellte die Großmutter klar, nicht seine Ankläger, seht euch also vor, liebe Kinder.

Der Wagen verschwand aus ihrem Blickfeld.

Erleichtert atmete sie auf.

Sie schwindelte, so nahe am Dachrand.

So erging es ihr auch auf Bäumen oder auf den Dächern der Schuppen, zuhause auf dem Hof.

Sorin hatte sie immer damit aufgezogen.

Kurz darauf vernahm sie wieder das Geräusch des Automotors laut und deutlich.

Es ertönte ganz in der Nähe des Hauses.

Der Schreck fuhr ihr in die Glieder, legte sich bleischwer auf sie.

Erneut erschien der Wagen in ihrem Sichtfeld.

Er bog in diesem Moment auf den schmalen holprigen Trampelpfad ab und bewegte sich langsam auf das Haus zu.

Vierundzwanzig

Pack deine Sachen in den Koffer!, schnauzt der Vater sie an.

Sophia kauert auf dem Boden, umklammert weinend seine Beine und fleht ihn an, dass er sie nicht wegschicken soll.
Er versucht sich von ihr zu lösen, aber es gelingt ihm nicht.
Da packt er sie wütend an den Haaren und zerrt sie grob von sich weg.
Sie schreit vor Schmerz auf und lässt seine Beine los.

Lass das Kind in Ruhe, schreit die Großmutter, die plötzlich hinter ihm steht, willst du uns alle zu Tode prügeln!
Halt dein Maul, brüllt er sie an, pack ihre Sachen ein, sie soll sich endlich beruhigen! Ich will kein Wort mehr hören. Wenn diese Leute kommen, wird sie mitgehen, ob du willst oder nicht.
Die Großmutter will aufbegehren.

Keinen Ton oder ich prügle dich in den Keller, fährt der Vater sie wutentbrannt an und droht ihr mit der erhobenen Faust, ich werf dich zu dem Jungen und lass dich tagelang dort unten schmoren.
Dann verlässt er fluchend das Kinderzimmer und stampft nach unten.

Die alte Frau hält einen Moment schweigend inne.
Komm her, meine Sophiska, komm in meine Arme, flüstert sie beruhigend, zieht das Mädchen sanft zu sich aufs Bett und streicht ihr liebevoll über den Kopf.
Sie schweigt lange und nachdenklich, ihre Tränen unterdrückend.

Vielleicht wird es gar nicht so schlimm werden, beginnt sie tröstend, vielleicht wird es dir sogar gefallen.

Ich will aber nicht weggehen, Großmutter, jammert Sophia verzweifelt.

Das weiß ich, mein Kind, aber wir können nichts dagegen tun, dein Vater will es so. Wir werden telefonieren, verspricht die Großmutter mit tränenerstickter Stimme, du wirst mich anrufen können. Ich schreibe dir unsere Nummer auf und stecke sie zu deinen Sachen, du musst gut auf sie achten. Und wenn es dir wirklich nicht gefällt, dann komme ich und hole dich, das verspreche ich dir.

Das Mädchen hebt den tränenfeuchten Blick: Wirklich versprochen?

Versprochen, Sophiska!

Und wenn sie jetzt kommen und dich abholen, wirst du stolz und aufrecht sein und ihnen nicht zeigen, dass du Angst hast, und du wirst nicht weinen ... kannst du das, mein Kind?

Sophia nickt zaghaft.

Mein liebes Mädchen, lächelt die Großmutter zuversichtlich und tätschelt ihr die Wange, weißt du eigentlich, dass deine liebe Mutter, als sie elf Jahre alt war, ein Jahr lang bei Verwandten in Bukarest leben musste, fern von uns, von mir und deinem verstorbenen Großvater, Gott hab ihn selig.

Das hast du nie erzählt, Großmutter, erwidert Sophia verwundert.

Weißt du, es gibt Dinge im Leben, bemerkt die Großmutter, an die man sich nicht so gerne erinnert, ich bin nicht stolz darauf. Keiner wäre das. Sein Kind wegzugeben, weil man es nicht richtig versorgen kann, darüber schweigt man lieber.

Sophia blickt sie fragend an.

So ist es, erzählt die Großmutter, wir mussten sie weggeben, konnten gerade mal *unsere* Mäuler stopfen. Wir konnten nicht mehr richtig für sie sorgen, das Essen war immer knapp, reichte nie aus. Wir lebten von der Hand in den Mund und den ganzen Winter, weil uns Holz fehlte. Es war eine schwere Zeit für uns alle, aber wir haben sie überstanden.

Plötzlich hören sie ein Auto auf den Hof fahren und zucken beide vor Schreck zusammen.
Sophia ergreift voller Panik die Hände der Großmutter.

Fünfundzwanzig

Das Auto hielt direkt vor dem Haus.

Der Mann stieg aus und schaute prüfend um sich.
Die Frau blieb im Wagen sitzen, ließ die Scheibe herunter und steckte sich eine Zigarette an.
Nun mach schon, Valea, rief sie genervt, wir haben noch eine lange Strecke vor uns, finde die kleine Schlampe und bring sie zurück!

Sophia schluckte bei diesen Worten.
Der Mann betrat schimpfend das Haus.
Ihr wurde ganz heiß, trotz der Kälte des Betons unter ihr.
Sie zitterte am ganzen Körper und wich zurück, weg vom Dachrand.

Ihr Atem ging schneller, der Puls raste. Und das Herz schlug ihr bis zum Hals.
Tränen rannen aus ihren Augen.

Solche Angst hatte sie noch nie gehabt.

Sie hörte ihn fluchend im Haus umhergehen.
Seine Stimme wurde lauter – kam näher.
Nun war er im oberen Stockwerk.
Auch seine Schritte klangen sehr nahe.

Er musste jetzt direkt unter ihr sein.
Sophia wollte es zurückhalten, aber es ging nicht, in diesem Moment lief es aus ihr heraus, sie urinierte in ihre Kleider.
Obwohl niemand es sah, schämte sie sich dafür.

Der Mann trat nahe an den Rand des Stockwerkes, wo es noch keine Wände, Balkontüren oder Fenster gab. Sie ist nicht hier!, brüllte er nach unten.

Die Frau bedeutete ihm brüsk per Handzeichen, dass er zurückkommen sollte.

Dann entfernten sich seine Schritte.

Er fluchte vor sich hin und ließ dabei kein gutes Haar an der Frau.

Einige Augenblicke später hörte Sophia, wie der Mann und die Frau unten am Auto laut miteinander stritten.

Schließlich stieg der Mann ein, startete den Motor und der Wagen fuhr los.

Sophia wartete einige Augenblicke und kroch erleichtert zu der Öffnung zurück.

Zwängte sich hindurch und stieg langsam die Treppe hinab.

Sechsundzwanzig

Der Wagen hält in einiger Entfernung vom Haus, mitten auf dem Hof.
Mit laufendem Motor.
Schotter schießt unter den Reifen hervor.
Eine Frau steigt aus, zündet sich eine Zigarette an und wartet, ans Auto gelehnt.
In der Hand hält sie ein dickes Couvert.

Der Vater tritt aus dem Haus und geht eilig auf die Frau zu.
Alles in Ordnung, erkundigt sie sich, alles wie abgemacht?
Der Vater nickt schweigend.
Wo ist sie?
Sie wird gleich kommen, erwidert er.
Gut, wir haben noch eine lange Fahrt vor uns, betont die Frau, außerdem ist es kalt ... grässliche Jahreszeit.

Wenn Sie wollen, können Sie im Haus warten, meint der Vater.
Die Frau verneint schroff und überreicht ihm das Couvert.
Er schaut sich hastig und verstohlen um, nimmt es mit einem beschämten Lächeln entgegen und lässt es sofort in der Innentasche seiner verbeulten dreckigen Jacke verschwinden.

In diesem Moment erscheinen die Großmutter und Sophia im Türrahmen.
Sophia, die noch immer ihre Hand fest umklammert hält, blickt ängstlich zu ihr auf. Das Kind dreht sich weinend um und flüchtet in die Arme ihrer Großmutter, die sich ächzend niederkniet.

Sch, sch, macht die Großmutter, nicht weinen, alles wird gut, Sophiska, du wirst sehen. Zeig ihnen nicht deine Tränen, niemals, hörst du. Weine nur, wenn du alleine bist, wenn niemand dich sieht, denke daran, mein Kind. Vergiss nicht, dass ich dich sehr lieb habe, dass ich immer an dich denke, ganz egal, wo du bist. Du wirst immer meine kleine Sophiska sein, ganz egal, was du tust oder tun musst, hörst du.

Sophia blickt sie mit tränenerfüllten Augen an und nickt.
Küsse Sorin von mir, schluchzt sie, sage ihm, dass ich ihn lieb habe.
Die Großmutter schluckt hörbar, nickt und löst die Umarmung.

Sophia nimmt ihren Koffer und geht mit langsamen Schritten zu dem fremden Wagen.

Der Vater kommt ihr entgegen.
Er legt die grobe schmutzige Hand auf ihren Kopf und sagt: Mach mir keine Schande, Tochter. Benimm dich. Und tu, was man von dir verlangt.

Sie nickt und sagt: Auf Wiedersehen, Papa.

Siebenundzwanzig

Vorsichtig spickte sie hinaus.
Verbarg sich zur Hälfte geschickt hinter dem Türrahmen.
So wie sie es von Sorin gelernt hatte bei ihren Spielen im Wald und auf dem Hof, wenn sie sich vor erfundenen Bösewichten und Feinden versteckten.

Kein Auto, keine Frau, und kein Mann zu sehen – niemand.
Sie machte einen Schritt und stand im Freien.
Atmete verhalten, flach und schnell.
Ihr Herz klopfte.
Vor ihr wand sich der Pfad, hinunter zum Feldweg.

Sie rannte los.

Zu irgendeiner Straße wollte sie.
Zu einem Haus, zu Menschen, um Hilfe bitten.
Bitten, dass man sie zurückbrachte – nach Hause.
Vielleicht hatte Vater seinen Fehler längst eingesehen und bereut und wäre froh, wenn jemand sie zurückbrächte.

Etwas anderes konnte sie sich gar nicht vorstellen.

Die nasse Strumpfhose wurde ganz kalt im Winterwind.
Sie fror.
Ihr Körper schüttelte sich beim Laufen.
Ihr Mantel lag im Auto, aber das war jetzt egal, Hauptsache sie war frei.

Gleich würde sie beim Feldweg sein.
Doch über das dreckige Feld wollte sie nicht wieder.

Sie überlegte, welchen Weg sie einschlagen sollte.

Links oder rechts?

Und entschied sich, nicht die Richtung zu nehmen, aus der sie gekommen war, sondern in die entgegengesetzte Richtung zu laufen.

In diesem Moment schnellte der Mann aus der Hecke.

Sie erschrak fürchterlich.

Er stellte sich ihr in den Weg, griff wütend nach ihr und hielt sie fest.

Sie schrie und wehrte sich.

Er zerrte sie zum Wagen, der in einiger Entfernung am Wegrand stand.

Die Frau lehnte rauchend daran.

Na, du kleines Miststück, haben wir dich wieder eingefangen, grinste sie höhnisch. Valea, setz sie hinein und sorge dafür, dass sie nicht noch einmal abhaut, die Fracht ist kostbar. Und wenn du noch einmal wegläufst, kleines Miststück, schnauzte sie das Kind an, dann brech ich dir eigenhändig die Beine, hast du mich verstanden?

Sophia deutete ein hilfloses, ängstliches Nicken an.

Sank in sich zusammen, weinte leise.

Und abgewandt.

Achtundzwanzig

Der Fahrer legt den Gang ein und fährt an.
Die Gedanken wirbeln ihr durch den Kopf.
Es ist, als ob ihr Herz zerreißt.
Als ob etwas in ihr stirbt.

Sie blickt weinend über die Schulter aus dem Fenster.

Der Hof …
Ihr Zuhause … Großmutter … Sorin.
Die mächtige Kiefer neben dem Haus …
Mischka …

Die Großmutter hinkt über den Hof.
Die alte Frau winkt, ihre schmalen Lippen bewegen sich un-
aufhörlich.
Sophia erschrickt, *wie alt* ihre Großmutter in diesem Moment aussieht.

Der Vater wendet sich ab, stakst Richtung Schuppen.
Ihr kleiner Liebling, Mischka, nimmt vor dem losfahrenden
Wagen Reißaus und verschwindet unter einem der rostigen
Schrottautos.

Die Frau neben ihr zündet sich eine neue Zigarette an.
Der Wagen fährt vom Hof und biegt auf die holprige Straße
ab.
Nichts wie weg von diesem trostlosen Hof, giftet die Frau,
und aus dieser trostlosen Gegend.

Sie wendet sich an das Mädchen: Sei froh, dass du hier weg-kommst, das ist ja das Ende der Welt. Höre auf deinen Vater und tu, was man dir sagt, dann wirst du es leichter haben.

Sophia lässt den Kopf sinken.

Da fährt ein Bursche mit dem Fahrrad hinter uns her, sagt der Mann am Steuer, den Blick auf den Rückspiegel gehef-tet.
Sophia und die Frau wenden sich zur gleichen Zeit um und schauen durch die getönte Heckscheibe.
Sophia biegt den Rücken durch.

Sie erschrickt.
Es fährt ihr in den Magen.
Sorin radelt auf seinem alten klapprigen Fahrrad dem Auto hinterher.
Er steht in den Pedalen und reißt verbissen den Lenker von einer Seite zur anderen.
Wie ist Sorin aus dem Keller gekommen?

Immer wieder ruft er ihren Namen, brüllt ihn, sie liest es von seinen Lippen ab.
Er ist verzweifelt, seine Augen sind voller Tränen.
Er keucht und ruft und strampelt.
Aber der Abstand zwischen ihm und dem Auto vergrößert sich zusehends.

Sophia will ihrem Bruder zum Abschied winken, doch die Frau greift nach ihrem Handgelenk und hält sie davon ab. Lass das!, zischt sie.
Sorin wird immer kleiner in der Heckscheibe.

Irgendwann ist er ganz darin verschwunden.
Zu sehen ist nur noch das verschwommene, dunkle Grün des Waldes.

Neunundzwanzig

Die letzten beiden Stunden der Autofahrt hatte die Frau ge-
schwiegen.
Der Fahrer ebenfalls.
Die Dämmerung war hereingebrochen.
Kam wie eine Krankheit angeschlichen.

Verschluckte zuerst die kleinen Wäldchen am Horizont.
Und zuletzt die grauen Felder, die zerfurchten braunen
Äcker und mattgrünen Wiesen.
Lange dunkle Schatten legten sich auf die Flure.
Wie böse unendlich lange Finger einer schweigenden Grau-
samkeit.

So kam es ihr vor, auch wenn sie keine Worte dafür fand.

In der Ferne funkelten Lichter.
Gehöfte.
Einzelne frei stehende Häuser hier und da, hingestreut zwi-
schen Felder, Äcker und Wiesen.
Oder kleine heimelige Dörfer und Gemeinden, mit kleinen
spitzen Kirchtürmen.

Sophia stellte sich vor, wie die Großmutter zuhause jetzt
ebenfalls Kerzen und Öllampen anzündete. Sie waren billi-
ger als elektrisches Licht.

Die Frau neben ihr wurde mehr und mehr zu einem sche-
menhaften bösen schweigenden Fabelwesen.
Am Ende war sie nur noch Geruch.
Parfüm, Zigarettenqualm und Mundgeruch.

Sophia verlor sich in Erinnerungen.

Vergaß für einen Moment alles um sich herum.

Plötzlich klingelte das Telefon der Frau.

Zerschnitt schroff die Stille.

Sie wurde aus ihren Gedanken und Träumen gerissen und erschauderte, als sie wieder das Innere des Wagens und die Frau neben sich wahrnahm.

Sie fühlte sich bedroht.

Gefangen.

Verschleppt.

War voller Angst.

Die Frau sprach so laut, dass Sophia zusammenzuckte.

Sie wollen schon heute den ersten Film drehen, sagte die Frau zu dem Fahrer, nachdem sie aufgelegt hatte.

Er gab keine Antwort.

Hörst du, Valea?

Ja, knurrte der Mann, ich hasse diesen Scheiß, nach dieser Fahrt steige ich aus.

Das glaube ich nicht, grinste die Frau höhnisch, und jetzt halt die Klappe und gib Gas, die Kunden sind schon da, man wartet auf uns.

Der Wagen schoss durch die Dunkelheit über eine kaum befahrene Autobahn.

Die grellen Wagenlichter stocherten in der schwarzen Leere herum.

Ein halber Mond hing blass und schief am sternlosen Himmel.

Im Wageninneren herrschte ebenfalls Dunkelheit.

Bis auf die bunten, aufgeregten Lichtchen der Armaturen.

Du beginnst schon ab heute Abend zu arbeiten, Mädchen, sagte die Frau.

Sophia starrte sie ängstlich an.

Ab heute heißt du auch nicht mehr Sophia, hörst du, ab heute ist dein Name Natascha. Verstanden? Niemand braucht zu wissen, wie du wirklich heißt. Dein Name ist sowieso zu langweilig. Ich muss bei ihm sofort an Friedhofsblumen denken, grässlich. Natascha, hörst du, das ist ab jetzt dein Name. Natascha! Ob du mich verstanden hast?

Sophia nickte zögerlich.

Dein Vater hat Geld von uns erhalten, viel Geld, fuhr die Frau fort, damit deine Familie davon leben und den Hof behalten kann. Dieses Geld wirst du bei uns abarbeiten. Was du also tust, tust du für deine Familie. Kapierst du das?

Sophia starrte sie nur an.

Wenn du es nicht tust, werden wir die Schulden, die dein Vater bei uns hat, mit Gewalt eintreiben, wir werden ihm weh tun, und wir werden auch deiner Großmutter weh tun – und deinem Bruder. Willst du das?

Sophia erschauderte und schüttelte den Kopf.

Gut. Deshalb wirst du tun, was man von dir verlangt, ohne zu murren, sonst müssen wir uns deine Familie vornehmen. Und ich habe dir schon einmal gesagt, wenn du etwas gefragt wirst, antworte so, dass man dich versteht, keifte die Frau. Wenn du uns das Leben schwer machst mit deinem Gezicke und nicht tust, was man dir sagt, werfen wir dich in den Fluss, wo du ertrinkst. Und wir werden uns dafür an deiner Familie rächen. Vergiss das nie! Hast du das alles verstanden?
Sophia nickte leise weinend.

Die Tränen, die ihr in diesem Moment über die Wangen rannen, konnte man in der Dunkelheit zum Glück nicht sehen.

Ob du mich verstanden hast, fuhr die Frau sie an, mach deinen Mund auf!

Sophias Stimme klang brüchig, dünn wie Pergament, unsicher und ängstlich, sie stotterte fast und flüsterte: Ja ... ich habe verstanden.

Du meine Güte, nun hör sich einer dieses Mäuschen an, empörte sich die Frau, ich hoffe, du kannst unsere Kunden überzeugen mit diesem Mündchen, du kleines dummes Ding.

Sophia fragte sich, was damit gemeint war. Auch dass sie heute noch für ihren Vater, ihre Großmutter und ihren Bruder arbeiten musste.

Was hatte das alles zu bedeuten?

Sie versuchte an den Morgen zu denken, an ihren letzten Morgen zuhause, der schon so weit zurücklag, dass sie sich kaum noch an Einzelheiten erinnern konnte.

Wie durch eine Nebelwand aus Angst und Schrecken blickte sie darauf zurück.

Die wenigen Bilder, die noch auftauchten, schmerzten sie jedoch im Innern wie glühende Messerstiche.

Da ist die Ausfahrt, räusperte sich der Fahrer, wir sind gleich da.

Kurz nachdem sie die Autobahn verlassen hatten, bog er auf einen Waldweg ab, drosselte die Geschwindigkeit und fuhr im Schritttempo durch einen tiefschwarzen Forst.

Im holpernden Auf und Ab der beiden Fahrzeuglichter glitten immer wieder graue Baumstämme vorüber.

Sophia fürchtete sich.

Es wirkte wie ein Geisterwald.

Die Frau äußerte ihren Unmut durch genervte Zischlaute und fluchte: Du bist ein beschissener Fahrer, Valea.

Du kannst mich ja austauschen lassen, entgegnete er.

Du weißt, was sie mit Leuten wie dir machen, bemerkte die Frau.

Das muss es sein, sagte er, ohne auf die Bemerkung der Frau einzugehen, und deutete auf ein beleuchtetes Haus, dicht umgeben von Tannen und Kiefern, zu dem ein noch schmalerer Pfad führte.

Ein Jagdhaus?, wunderte er sich.

Findest du das nicht passend?, grinste die Frau.

Er antwortete nicht.

Vor dem Haus parkten schon einige Fahrzeuge.

Große dunkle glänzende Autos.

Die Frau beugte sich zu Sophia hinüber und flüsterte ihr ins Ohr: Das ist deine Stunde, kleine Dame, bereite deiner Familie keine Schande. Und mach uns keinen Ärger!

Sie stieg aus dem Auto, stakste auf die andere Seite, öffnete Sophias Türe und scheuchte das Mädchen mit unfreundlichen Worten und Gesten heraus.

Bring ihren Koffer mit, Valea!, befahl sie dem Fahrer, während sie mit Sophia zum Haus ging.

Sophia erzittert beim Betreten des Jagdhauses.

Alles ist hell erleuchtet.

Zwei schwarz gekleidete Männer mit finsteren Mienen sitzen auf einem Sofa und streiten miteinander. Sie benutzen Schimpfwörter und haben ihre Stimmen erhoben.

Als Sophia und die Frau eintreten, verstummen die beiden und schauen schweigend zu Sophia herüber.

Einer der beiden Männer deutet mit einem schwachen Kopfnicken nach oben.
Die Frau nimmt Sophia an der Hand und geht mit ihr über eine Holztreppe in den ersten Stock.
Sophia fallen die ausgestopften Tierköpfe an den Wänden auf, die starren leblosen schwarzen Tieraugen. Auf einem Regal stehen Marder, Hasen und auch eine Eule.

Oben, in der ersten Etage, führt die Frau sie einen langen Gang entlang.
Sie kommen an einem Zimmer vorbei, dessen Türe halb offen steht.
Sophia wirft im Vorübergehen einen Blick hinein.

Sie erblickt ein großes Bett in der Zimmermitte.
Ein solch großes Bett hat sie noch nie gesehen.
Eine dunkelrote seidig glänzende Decke ist darüber geworfen.
Hellrote Kissen in der Form von Herzen sind am Kopfende drapiert.
Das Rot der Tapete unterscheidet sich vom Rot der Kissen und dem des Bettes.

Neben dem Bett sind ein mannshoher, ausgeschalteter Scheinwerfer sowie ein Stativ mit einer Kamera aufgebaut.

Zwei Männer in weißen Bademänteln, mit nackten Beinen und nackten Füßen, sitzen in je einem ebenfalls roten Plüschsessel und unterhalten sich gedämpft und leise lachend.
Sie scherzen offenbar miteinander.
Auf einem Beistelltisch stehen Bierflaschen und halbvolle Whiskygläser.

Auf dem Bett liegen verstreut Utensilien und Geräte, die Sophia nicht zuordnen kann.

Einer der beiden Männer bemerkt sie, erhebt sich rasch und gibt der Türe einen Stoß, sodass sie zufällt.

Die Frau führt Sophia in ein Zimmer am Ende des Ganges.
Es ist ein Badezimmer.
Sie lässt Wasser in die Wanne laufen und befiehlt Sophia, sich auszuziehen.
Das Kind schämt sich abgrundtief, errötet und steht wie versteinert da.
Alles, was sie hört, ist das Rauschen des Wassers.

Sie starrt reglos auf die schillernden Schaumblasen.

Die Frau tritt auf sie zu und schlägt ihr die flache Hand ins Gesicht.
Sophia fährt erschrocken zusammen und greift nach einem Handtuchhalter an der Wand.
Die Wange brennt fürchterlich.
Sofort hämmert es in ihrem Kopf.
Noch einmal sage ich es nicht, fährt die Frau sie an, du sollst dich ausziehen!

Das Kind entkleidet sich, noch immer rot vor Scham, und steigt in die Wanne.
Das Wasser duftet nach Rosen. Es ist weich und warm.
Die Wasserhähne der Badewanne und des Waschbeckens sind verschnörkelt und goldfarben.
Wie in einem Schloss, denkt sie kurz, noch nie hat sie in einer solchen Badewanne gesessen.

Aber warum muss sie jetzt baden?

Wasch dich gründlich, befiehlt die Frau, vor allem zwischen den Beinen und an deinem Hintern, hörst du!

Sophia starrt sie ungläubig an.
Die Frau droht ihr mit erhobener Hand.
Noch nie in ihrem Leben ist sie an einem einzigen Tag so oft geschlagen worden.

Sie beginnt zu weinen.

Wenn du nicht aufhörst mich so dämlich anzuglotzen und zu heulen, du kleine Schlampe, dann kannst du was erleben, keift sie, und jetzt wasch dich endlich, genau dort, wo ich es dir gesagt habe! Und hör verdammt nochmal auf zu heulen!

Sophia schluckt und versucht die Tränen zu unterdrücken.
Aber sie kommen einfach aus ihren Augen gelaufen.
Sie kann nichts dagegen tun.

Zum ersten Mal in ihrem Leben wünscht sie sich tot zu sein.

Seit Stunden muss sie wieder aufs Klo.
Niemand hat sie danach gefragt.
Jetzt lässt sie es einfach aus sich herauslaufen.
Danach erhebt sie sich und seift sich ein.
Überall.

Die beiden Männer dort vorne in dem Zimmer, beginnt die Frau und zündet sich eine Zigarette an, diese Männer warten auf dich. Sie haben viel Geld bezahlt, um dich zu treffen. Sie wollen sich an dir erfreuen, an deinem Körper. Lass es geschehen.

Sophia blickt sie mit aufgerissenen Augen an.
Sie ahnt etwas. Etwas Schreckliches.
Ahnt, was diese Worte zu bedeuten haben.

Aber warum mit ihr?, fragt sie sich schockiert, sie ist doch noch keine Frau.

Sie kann kaum atmen.

Alles zieht sich in ihr zusammen, verkrampft sich.

Ihr wird ganz schlecht im Magen.

Sie hört ihren eigenen lauten Atem und das Schlagen ihres Herzens.

Gleich erbricht sie sich.

Du wirst alles tun, was sie von dir verlangen, hörst du!, befiehlt die Frau.

Sophia nickt mit gesenktem Blick.

Sie kann gar nicht mehr aufschauen.

Sie hat fürchterliche Angst vor der Frau.

Und vor dem, was kommt.

Ob du gehört hast, kleine Schlampe?

JA, antwortet Sophia laut und deutlich.

Gut.

Manches wird dir weh tun, erklärt die Frau, beiß auf die Zähne, schrei nicht und lass es geschehen, die Männer haben dafür bezahlt. Denke an etwas anderes, an etwas Schönes, hörst du. Fällt dir überhaupt etwas Schönes ein? Denke daran, dass du es für deine Familie tust.

Sophias Magen wendet sich.

Sie will sterben.

Ihr Körper verkrampft sich.

Dann erbricht sie sich in die Wanne.

Ein dünnes Rinnsal Magensaft vermischt sich mit dem Badewasser.

Oh mein Gott, du dummes Ding, zischt die Frau, hör mit dem Gekotze auf! Du hast doch die beiden Männer unten auf dem Sofa gesehen, erklärt sie, sie werden aufpassen. Und ich werde auch unten sein. Wenn alles vorbei ist, bekommst du etwas zu essen und darfst schlafen gehen. Du sollst auch deinen Hintern gründlich waschen, habe ich doch gesagt, oder soll ich es etwa tun.

Sophias Knie geben nach, sie sinkt in die Wanne, verdreht die Augen.

Hier hast du etwas Schokolade, sagt die Frau, das wird dich ein bisschen auf Trab bringen.
Sie kramt aus ihrer Handtasche eine Tafel Schokolade, bricht eine Reihe ab und hält sie Sophia hin.
Sophia verschlingt die vier Schokoladenstückchen gierig.
Der Geschmack nach Schokolade ist das einzig Vertraute, seit man sie aus ihrem Zuhause weggeholt hat.

Steig aus der Wanne, befiehlt die Frau, trockne dich ab, hier hast du ein Handtuch, nun mach schon, wir haben die Geduld unserer Kunden schon lange genug strapaziert.
Das Mädchen klettert aus der Wanne und trocknet sich ab.
Beeil dich, faucht die Frau, schlaf nicht ein dabei.

Sie öffnet einen Schrank, holt ein Kleidchen heraus und hält es Sophia hin.
Zieh das an, sagt sie. Nein, keine Unterhose, wirft sie ein, als das Mädchen nach seiner Unterhose greift, die auf dem Boden liegt, die Kunden wollen dich ohne Höschen haben. Und zieh diese Schuhe hier an.
Sophia spürt wieder Tränen in ihren Augen.

Sie steigt in die weißen Schuhe, die die Frau aus einem Regal geholt und vor sie hingestellt hat.
Gut, dass uns dein Vater die richtige Schuhgröße gegeben hat, bemerkt die Frau, Väter sind normalerweise die reinsten Flaschen, wenn es um so etwas geht.

Dann zieht sie Sophia zu sich heran, beginnt, sie zu frisieren.

Fährt ihr mit einer Bürste grob durchs Haar, zieht daran, bürstet und zerrt.

Sophia stöhnt auf vor Schmerz.

Halt die Klappe, dass muss sein, bellt die Frau, oder meinst du, die haben all das Geld für eine kleine struppige Hexe bezahlt. Müssen ja nicht gleich sehen, wo du herkommst!

Sie macht ihr schludrig zwei Zöpfchen und steckt ihr hastig hier und da Spängchen ins Haar, wobei sie dem Kind in die Kopfhaut sticht.

Sophia presst schmerzerfüllt Augen und Lippen zusammen.

Der Kunde ist König, lächelt die Frau und betrachtet Sophia abschätzig, während sie das Kind um die eigene Achse dreht. Es ist soweit, die Arbeit ruft!, grinst sie höhnisch.

Sie nimmt Sophia an der Hand, öffnet die Badezimmertüre und geht mit ihr den Gang entlang.

In Sophias Kopf dröhnt und hämmert es.

In ihren Ohren ist nichts als ein tosendes Brausen.

Wieder wird ihr übel.

Und schwindlig.

Die Frau bleibt vor dem Zimmer stehen, in dem die beiden Männer saßen und das große rote Bett stand.

Du weißt, was ich dir gesagt habe, sagt sie zu Sophia.

Das Mädchen nickt.

Die Frau klopft an die Türe und öffnet sie, ohne ein „Herein" abzuwarten.

Vor ihnen breitet sich die ganze rote, erwartungsvolle, nach Alkohol und Männerschweiß riechende Szenerie aus.

Dann schiebt sie das Kind unsanft über die Schwelle ins Zimmer.

Sophia fühlt den Druck der Hand im Rücken und nimmt deutlich den unangenehmen Geruch im Zimmer wahr.

Die beiden Männer erheben sich und kommen lächelnd auf sie zu.

Sie beginnt zu urinieren.
Es rinnt warm an ihren Schenkeln hinab.
Ein kleines Rinnsal aus Angst und Schrecken.

Dann hört sie, wie die Türe hinter ihr ins Schloss fällt.

Weltweit werden jährlich über 2 Millionen Kinder als Opfer des internationalen Sexhandels kommerziell sexuell ausgebeutet.

79% der Opfer des Menschenhandels werden an die Sexindustrie und in die Zwangsprostitution verkauft.

Vermutlich sind bis zu 50% der im Baltikum tätigen Prostituierten minderjährig.

Alleine in Südostasien wurden in den vergangenen 30 Jahren 30 Millionen Kinder und Frauen Opfer von Menschenhändlern.

Die meisten der Opfer des Menschenhandels landen in den Industrieländern.

In Europa gibt es ca. 4 000 kleine und große kriminelle Organisationen, die mit Menschenschmuggel und Menschenhandel ihr Geld verdienen.

Deutschland ist der größte europäische Markt für das Sexgeschäft.

In Deutschland kaufen täglich 1,2 Millionen Männer sexuelle Dienstleistungen.

80% aller in Deutschland tätigen Prostituierten kommen aus den ehemaligen Ostblockstaaten.

Nur etwa 10% der 400 000 Prostituierten in Deutschland sind registriert.

Jedes 5. Kind in Europa wird Opfer sexueller Gewalt.

Es handelt sich hierbei um Schätzungen internationaler Menschenrechtsorganisationen.
Die Dunkelziffern liegen wie immer weitaus höher.

Nachwort

Die fiktive Geschichte „Sophia" ist kein Einzelfall.
Genau in diesem Moment passiert es einem Kind, irgendwo auf der Welt.
Vielleicht mehreren – vielen sogar.
Wenn sie erst einmal verschleppt, entführt, verliehen oder verkauft sind, erleben sie die Hölle.

Sie werden auf geheimen Sklavenmärkten verkauft oder direkt an die kriminellen Organisationen, an Direktkäufer oder Schlepperbanden übergeben.
Jahrelang werden sie dann von Bordell zu Bordell weitergereicht, quer durch Europa, sogar bis nach Alaska.
Oder werden für einen bestimmten Zeitraum an einen Freier verliehen, wo sie einen Monat oder zwei rund um die Uhr sexuelle Dienste jeder Art leisten müssen.

Auf diese Weise werden ebenfalls minderjährige Jungen an pädophile Homosexuelle verliehen, die mit Charterfliegern in den Sexurlaub fliegen. Die Jungen müssen ihnen für die gebuchte Zeit sexuell zu Diensten sein.

Zwangsprostituierte verdienen so gut wie nichts. Manchmal gar nichts, weil sie ihre Transportkosten abarbeiten müssen. Oder sie arbeiten 16 Stunden am Tag lediglich für Kost und Logis.
Generell gilt: je jünger umso besser.
Und desto mehr Geld bringen sie dem Zuhälter oder Bordellbesitzer ein.

Wer ist verantwortlich?
Wir alle?

Familien, die ihre Kinder an Menschenhändler verkaufen oder gegen Geld verleihen?

Regierungen, die nicht die notwendigen Gesetze erlassen?

Regierungen, die ihre Gesetze nicht zur Anwendung bringen?

Regierungen, die aus wirtschaftlichen Gründen nicht intervenieren, wo sie im Sinne der Menschlichkeit intervenieren müssten?

Politiker, die sich bestechen lassen und auf den Gehaltslisten des sogenannten organisierten Verbrechens stehen?

Auch frage ich mich, weshalb Länder in die EU aufgenommen wurden, in denen Menschenrechte mit Füßen getreten werden?

Gegen illegalen Waffen- und Drogenhandel wird effektiver, zielgerichteter und mit weitaus größeren finanziellen Mitteln vorgegangen als gegen den organisierten Menschenhandel.

Warum?

Die Dienstleistungsgesellschaft Ver.di schätzt, dass in etwa 4 000 „angemeldeten" Bordellen in Deutschland durch ungefähr 400 000 Prostituierte rund 14 Milliarden Euro erzielt werden.

Die einzelnen Bundesländer zählen auf die steuerlichen Einnahmen aus diesen Unternehmen. Sie gehören zum festen Bestandteil des Jahresetats.

Demgegenüber sind die bewilligten Etats für Ermittlungsbehörden, die gegen die organisierte Kriminalität im Menschenhandel und der Zwangsprostitution vorgehen, lächerlich gering.

Warum?

Nicht zuletzt deshalb geht aus Berichten der Vereinten Nationen hervor, dass der weitaus größte Teil der Verbrechen von Menschenhändlern unentdeckt bleibt und die Schuldigen niemals strafrechtlich verfolgt oder verurteilt werden.

Warum werden die angemeldeten Bordelle, auch hierzulande, nicht ausreichend oder gar nicht überprüft?
Zu aufwendig?
Zu teuer?
Zu gefährlich?
Fehlendes Personal?
Nicht wichtig genug?

Mittlerweile hat sich auch gezeigt, dass Deutschland mit dem „Prostitutionsgesetz" von 2002 zum größten Puff Europas geworden ist. Lediglich 10% der 400 000 Prostituierten hierzulande sind registriert.
Somit bietet Deutschland der illegalen Prostitution sowie der Zwangsprostitution ein weites Betätigungsfeld.

Hauptverantwortliche sind natürlich die Menschenhändler selbst! Sie sind skrupellos, menschenverachtend, roh und brutal. Sie bedrohen, foltern, prügeln. Und töten, wenn es sein muss. Auch Familienangehörige der Opfer werden oftmals nicht verschont.
Nicht zu vergessen sind auch die Schleuser, Mittelsmänner, Fahrer, Bodyguards, Folterer, Totschläger, Vergewaltiger, Bewacher, Zuhälter, Bordellbesitzer – und natürlich die Freier.

Was können wir dagegen tun?

Im Internet findet man eine ganze Reihe von Menschenrechtsorganisationen, Hilfsorganisationen und Vereinen, bei denen man sich informieren oder die man tatkräftig oder finanziell unterstützen kann.

Vielleicht können wir gemeinsam die „Un-Kultur" des Wegschauens bekämpfen.

Klaus Zeh

Wir können nicht allen helfen, doch wir sollten all jenen helfen, denen wir helfen können.
                    Triveni Acharya

Danksagung

Mein Dank gilt allen Institutionen, Vereinen, Hilfsorganisationen, Journalisten, Schriftstellern und Personen, die weltweit den wichtigen Kampf gegen Menschenhandel und Zwangsprostitution führen.

Und Gereon Wagener von „Bono-Direkthilfe", für die Mut machenden Worte.

Liebe Leserinnen und Leser,

wie Sie sicherlich bemerkt haben, kommt dieses Buch ohne Seitenzahlen aus. Dies ist weder ein Versehen noch ein Gestaltungsfehler.
Wie das Tragen von Uhren am Handgelenk hindern Seitenzahlen in einem Buch den Fluss der Geschichte – takten ihn unangenehm, ja sogar manchmal störend.

Wir hoffen,
Sie konnten sich darauf einlassen …

Solange wir Worte finden,
haben wir einen Weg.

Weitere Titel von Klaus Zeh

Prosa

Taxi *(Roman)*
Mozart oder der Fall des Harlekins *(Roman)*
Lisboa *(Roman)*
Trinity – Irische Begegnungen *(Kurzgeschichten)*
Hey Tonight *(Erzählung)*
Broker *(Roman)*
Strandhill *(Insel Novelle)*
Solange Worte atmen – Notizen aus dem Alltag
Blutschande *(Erzählung)*

Lyrik

Die Leichtigkeit des Windes *(Ostsee-Gedichte)*
An Ufern aus Jade *(Bodensee-Gedichte)*
Pontoon – oder wann immer ich hier sein werde *(Irland-Gedichte)*
Lichtinseln *(Gedichte)*